ROBERT GRYCZKE

FEED THE REAPERS

AF200769

Robert Gryczke

FEED THE REAPERS

Ein Horror-Roman

Frei nach der gleichnamigen

Kurzgeschichte von

Gero Samrey

Bibliografische Information der Deutschen Nationalbibliothek:
Die Deutsche Nationalbibliothek verzeichnet diese Publikation in der Deutschen
Nationalbibliografie; detaillierte bibliografische Daten sind im Internet über
http://dnb.dnb.de abrufbar.

Nach der gleichnamigen Kurzgeschichte von Gero Samrey

Lektorat: Axel Fichtmüller
Korrektorat: Janette Baumann

Umschlagmotiv: Katrin Steffer
Umschlaggestaltung: Axel Fichtmüller, Robert Gryczke

Herstellung und Verlag: BoD – Books on Demand, Norderstedt

ISBN: 978-3-7504-0406-9

Inhalt

Vorwort
Gero Samrey

Hätte mir jemand zu Beginn dieser Odyssee gesagt, auf was ich mich hier einlassen würde, dass meine Original-Version von FEED THE REAPERS fünf Jahre Produktionszeit, Nerven und sehr hohe Kosten zur Folge haben würde, hätte ich die Kurzgeschichte womöglich direkt verbrannt oder in einem großen Gefäß mit Salzsäure versenkt. Aber das ist Gott sei Dank nie passiert. Ich würde sogar an dieser Stelle gerne einen meiner Lieblingsfilme zitieren, „Alien 3":
„Ich bin nicht fürs Winseln. Also stellen wir uns dem Biest! Bekämpfen wir es!"
Und genau das ist passiert. Robert, ich und alle Beteiligten haben an diese Vision geglaubt und sich darin festgebissen. Es gibt nicht nur den Film, sondern nun auch diesen Roman, und er ist großartig! Robert löst vor allem eines bei mir aus: einen FLASHBACK! Und ich meine nicht den slash-/trashigen „FLASHBACK" von 2000, sondern die Erinnerungen an meine originale Geschichte. Das Ambiente, die Charaktere, einfach die ganze Geschichte bekommt mehr Background und Tiefe; wird sogar erweitert und abgerundet. An dieser Stelle könnte man Werbeblöcke aus einem Paul-Verhoeven-Film setzen:
„Wollen Sie mehr wissen?"

Und ja, das werden und wollen die Leser. Sie werden mehr über das „Feed The Reapers"-Universum erfahren. Genau dafür wurde dieser Roman geschrieben. Besonders positiv ist mir die „Wortakrobatik" im Gedächtnis geblieben. Manche Beschreibungen sind so genial ausformuliert, dass ich beim Lesen laut lachen musste.

Worauf ich eigentlich hinaus wollte, ist Folgendes: FEED THE REAPERS hat es auf die Leinwand geschafft und es gibt den Roman, inklusive Hörbuchfassung. Was soll ich dieser Entwicklung denn bitte noch hinzufügen? Außer vielleicht: DANKE!

Ich bin einfach glücklich und bereit für alles, was nun noch kommen mag und was wir gemeinsam in naher Zukunft auf die Beine stellen werden.

Viel Spaß beim Lesen, Spritze ansetzen und drücken

Gero Samrey

Vorwort
Robert Gryczke

Dieser Roman ist ein Bastard.

Vielleicht nicht der „bastard son of a hundred maniacs", aber mindestens das inzestuöse Kind einer Kurzgeschichte, eines Drehbuchs und eines Films. Und alle tragen den gleichen Namen: FEED THE REAPERS.

Es gibt jetzt keine ausführliche Rekapitulation der Entstehungsgeschichte. Das wäre auch gar nicht möglich, ohne zu lügen, denn weder Gero noch ich sind Sammler von Chat- und Mailverläufen. Hier die Chronik in Zigarillolänge:

Irgendwann zwischen 2016 und 2017 schickt mir Gero einen Text, den er als Drehbuch bezeichnete und ich als spannende Kurzgeschichte mit wilder Formatierung und viel Potential. Mad Scientist trifft Creature Feature, Old-School-Horror mit „Re-Animator"-Vibe – It's a Match.
„Ich bin dabei. Wenn ich das Drehbuch anfassen darf."

Mitte 2017 läuft das Crowdfunding. Das ambitionierte Ziel: 1200 Euro; es werden 1500 Euro. Beste Crowd der Welt. Mensch, haben wir Geld. Wir freuen uns. Gott, sind wir blöde. Im Gegenzug reservieren sich unsere Unterstützerinnen und

Unterstützer die DVD zum künftigen Film, den Soundtrack oder auch ein Bundle, das wir „Leseratten-Spezial" nennen: „Du bekommst FEED THE REAPERS als Full-HD-Download. Passend dazu erhältst Du das Drehbuch zum fertigen Film. (PDF) Lies die Originalgeschichte zum Film, von Gero Sammrey. (PDF) Danksagung im Abspann." An den Roman zum Film denkt da noch niemand. Ich will die Original-Geschichte anständig formatieren; mehr nicht.

Nach insgesamt rund 20 Drehtagen wird im April 2019 die letzte Klappe geschlagen. „Feed The Reapers" ist im Kasten. Kunstblut, Kunstkörper, echte Tränen, Rabenattrappen, Schleim und Sensen sind als Bewegbild verewigt. Unsere Hauptdarstellerin Susen Ermich (Kim) ist mit Kunstblut besudelt, unser Monster Moloch darf endlich sein Reaper-Kostüm ausziehen, Daniel Brach (Denny) und Anni Adler (Nancy) tanzen unter einem Blutregen – eine Scheune irgendwo im Nirgendwo erblickt den Sonnenaufgang. Groovy.

2021 hat die Welt insgesamt ganz neue Herausforderungen. Ich setze mich an das Dokument „FEED THE REAPERS - Die Original-Geschichte zum Film_V4". In Absprache mit Gero habe ich mich dazu entschlossen, die originale Kurzgeschichte zu einem Roman auszuarbeiten. Das finale Drehbuch unterscheidet sich in vielen Punkten vom ersten Drehbuch und noch mehr von Geros Kurzgeschichte. Und das geschriebene Wort kennt erst mal kein Effektbudget.

„Klar, warum nicht. Ist doch geil. Dann haben wir noch was für die Leute vom Crowdfunding."
Gero ist pragmatisch.

Ende März 2023 liegt die Premiere des Films ganz frisch hinter und eine Kinotour vor uns. Aus der „Original-Geschichte zum Film" wurde zwischenzeitig der „Roman zum Film" und schlussendlich ein „Roman".

Ich bin dankbar für die Möglichkeit, meine liebsten Elemente aus Geros Kurzgeschichte, meinem Drehbuch und unserem Film zu kombinieren und um eine Lore zu erweitern, die hoffentlich nicht nur Gero und mich, sondern auch alle, die diesen Roman lesen, neugierig machen, auf mehr Geschichten aus dem Reapers-Universum.

Herzlichen Dank fürs Lesen und viel Spaß dabei

Robert Gryczke

PS: Weil Musik schon immer ein wichtiger Bestandteil des Projekts war, wird jedes Kapitel von einer handverlesenen Musikempfehlung eingeleitet.

the cure may kill you

PROLOG
THE ROPE

♫

The Alien

Ben Salisbury & Geoff Barrow

Annihilation - Motion Picture Score (2018)

Die Glühbirne der Schreibtischlampe war schwach. Zu schwach, um das mit Unrat und Zeitungen zugemüllte Hinterzimmer auszuleuchten, das er Büro nannte.

Aber für ihn reichte das Licht, um ausgeschnittene Zeitungsartikel als übergroße Collage an der Wand anzuordnen.

Es reichte, um die mit Kreide skizzierten Totenköpfe und Schnitter auf dem Steinboden mit Zwielicht zu erfüllen.

Es reichte nicht, um die Röntgenaufnahmen sichtbar zu machen. Musste es nicht. Der schwarze Fleck im Schädel hatte sich sowieso in sein Gedächtnis gebrannt. Und dort, wo das groteske Schädel-Bild nur einen Totenkopf im Profil zeigte, ergänzte sein Gedächtnis das Übrige. Ihre langen schwarzen Haare, die auch kurz vor Feierabend noch perfekt zu liegen schienen. Die großen Kulleraugen, die jeden Gast zu einem opulenten Trinkgeld überreden konnten. Die schmalen Lippen, durch die sie die Worte „Ich will nicht sterben" gepresst hatte. Seine kräftige Hand streichelte über das Röntgenbild. Vorsichtig. So zart, als würde ein Riese versuchen, eine Weintraube von einer Rebe zu pflücken. Dann erschlafften seine Arme und sein Blick wanderte über die Wand mit den Zeichen.

טױט   (toyt)
iskelet
死亡   (Sĭwáng)
mortem
ការស្លាប់   (Kar Slab)

Vor ein paar Wochen hatte er angefangen sie in die Wand zu kratzen. Vielleicht war es die Hoffnung. Oder die Hoffnungslosigkeit. Er sprach weder Jiddisch, Türkisch, Chinesisch oder Latein. Und vor seinem Gang in die Dorfbibliothek wusste er nicht einmal, wer oder was die Khmer eigentlich waren. Er hätte auch nicht gewusst, dass all diese Worte nur eines bedeuteten: Tod.
Hatte er die Zeichen in den alten Büchern aufgeschnappt, in denen sich auf vergilbten Seiten gekrakelte Symbole und Kreaturen mit wirren Beschreibungen und persönlichen Notizen abwechselten?

Er konnte nicht gut lesen und hatte sich durch jedes einzelne dieser Tagebücher gequält, die er von der Bibliothekarin für schmales Geld abgekauft hatte.

Nun füllte ein Wirrwarr aus Zeitungsartikeln, Skizzen und Bücherseiten den Raum. Und für Außenstehende hätte es keinen Sinn ergeben. Geometrische Symbole, Skizzen von Gevatter Tod und drumherum Zeichen und Buchstaben aus Sprachen, die schon lange niemand mehr sprach.

Aber für ihn machte es genug Sinn, um zu wissen, was er zu tun hatte. Gleichgewicht. Ein Leben für ein Leben. Und der Schnitter muss den Tausch akzeptieren.

Das leichte Knarzen hätte ihn nicht aus seinen Gedanken zurückgeholt. Aber das Licht. Dieses furchtbar grelle Licht, als die Tür aufging. Wie eine Nadel in einem Luftballon. Das kleine Mädchen, dass da im Türrahmen stand, hätte eine Schaufensterpuppe sein können. Nur die Augen, die das Bilderchaos an der Wand absuchten und urplötzlich bei dem Vater verharrten, hauchten dem in Furcht erstarrten Kinderkörper Leben ein. Verwunderung, Angst und Verzweiflung zeichneten Nancys Gesicht. Als er sich umdrehte und ihr den Strick in die Hand drückte, sagte das Mädchen nichts. Ihre Tränen sagten genug. Tränen, die links und rechts wegflogen, als sie den Kopf schüttelte.

Tränen, die noch liefen, als sie den Strick selbst die Treppe hochtrug, vorbei an den unzähligen Familienporträts. Tränen, die in den Strahlen der Abendsonne wie Tropfen von Rotwein glänzten.

Eine Abendsonne, die das Kinderzimmer mit Zwielicht flutete und lange Schatten warf, als Nancy den Strick über den Dachbalken schwang und sich die Schlinge umlegte.

Er stand in dem angrenzenden Waldstück, beobachtete die Prozedur und hielt dabei eines der alten Tagebücher fest umklammert. Das Fenster zum Zimmer seiner Tochter lag direkt über dem Schild mit der Aufschrift „Gasthaus". Es würde keine Gäste mehr geben. In der untergehenden Sonne mutete die Szenerie wie ein Schattenspiel an.

Das Mädchen, das auf den Tisch stieg.

Das lange Seil.

Der Schritt nach vorne.

Das Ende.

Der Anfang.

KAPITEL 1

THE HANGMAN'S DAUGHTER

♫

Hope, Vol. 2
Apocalyptica
Cult (2000)

Die Reifen der alten Blechkalesche bremsten scharf und wirbelten Staub auf. Staub aus Dekaden. Staub, der besser liegen geblieben wäre. Das junge Pärchen im Fahrerraum schaute durch die Seitenscheibe. In der grellen Nachmittagssonne schienen die Partikel einfach in der Luft stehen zu bleiben. Als Denny den Motor ausschaltete, griff er sofort zum Regler der Lüftung. Konnte ja keiner ahnen, dass es zu dieser Zeit noch so fucking warm wäre. Er musste sich ein wenig vorbeugen, um an Kim vorbeizuschauen. Die war von dem alten Gebäude so fasziniert, dass sie Denny beim Wortwechsel nicht einmal ansah. Nach Aufmerksamkeit heischend, reckte sich Denny Kim entgegen, lies seine Augenbraue in Bruce-Campbell-Manier nach oben schnellen und tat erstaunter als nötig:

„Das ist das Haus?"

„Jepp. Und es sieht genauso aus wie auf den Bildern."

Sie kannte das Spielchen bereits. Kim legte eine Hand auf den Oberschenkel ihres Freundes, wohl wissend, dass ihn schon diese Berührung auf Touren bringen würde. Dazu ihr durchdringender Blick.

„Dann lass uns den Scheiß endlich durchziehen!"

Beiläufig band sie sich die Haare zusammen und wusste, dass sich Denny schon in diesem Moment am liebsten an ihrem Hals zu schaffen gemacht hätte. Sie wusste aber auch, dass im Anschluss nichts mehr für das kleine Abenteuer im Geisterhaus übrig sein würde. Und überhaupt war es nicht ihre Art, ihm nachzugeben. Sie sagte, wann es losging. Sie sagte, wie es losging. Und sie sagte, was losging. Sie hatte die Zügel in der Hand und kein Problem damit. Denny war diesbezüglich ihr Traum von einem Mann. Eine simple Seele, treu zweifelsfrei, die die Zügel nur zu gern abgab und lieber geritten wurde, als selber zu reiten. Nur im Moment schaute ihr Traummann verängstigter als ansprechend für sie war.

„Du willst das ernsthaft machen?"

Provozierend musterte Kim ihren Freund, blieb eine Sekunde zu lange zwischen seinen Beinen hängen.

„Und ich dachte immer, ich hätte die Pussy."

Anstatt ihre Hand einfach von seinem Oberschenkel zu nehmen, ließ Kim sie noch kurz in den Bereich seiner angezweifelten Männlichkeit wandern, die sich nun deutlich unter der ausgewaschenen Jeans abzeichnete. Verdammt, nein, das war keine Pussy. Das konnte sie ihm aber nicht sagen. Nicht jetzt. Ansonsten kämen sie nie aus der Karre raus. Und sein Grinsen bestätigte ihre Annahme.

„Lass uns reingehen. Ansonsten war die ganze Fahrt für den Arsch. Und Du weißt ja: Die Toten warten nicht gern."

Denny hielt kurz inne und biss sich auf die Lippe, um die Traumfrau neben ihm nicht direkt anzuspringen.

„Du bist durchgeknallt, weißt Du das? Aber dafür liebe ich Dich!"

Kim erwiderte den Satz mit einem Zwinkern. Zielsicher griff sie auf die Rückbank und angelte den Strick hervor. In einem Cartoon hätte Denny jetzt kleine Herzen in den Augen gehabt, so aber grinste er einfach ziemlich peinlich. Kim stieg aus, legte den Strick aufs Dach und ließ zum ersten Mal die Umgebung auf sich wirken. Eine Umgebung, die sie so sehr fesselte und sie einnahm, dass sie ihren Freund kaum mehr wahrnahm, als er sich neben sie ans Auto räkelte. Er folgte Kims Blicken, konnte aber offensichtlich nicht nachvollziehen, was so faszinierend an dem Gebäude sein sollte. Kim hingegen wurde aufgesogen von dem breiten Gasthaus, dessen Veranda schon auf diese Entfernung verwittert und zerstört aussah. Ebenso wie die zweite Etage mit dem hölzernen Balkon an der rechten Seite. Einige der weißen Holzstreben waren zerbrochen oder fehlten ganz. Vielleicht war es ihre Fantasie oder das ungünstige Lichtspiel, aber in diesem Moment sah das Geländer da oben aus wie ein halbgeöffnetes Gebiss mit unzähligen modrigen Zahnstummeln.

„Also hier ist es passiert, hm?"

Denny war nicht der Typ, der lange ruhig sein konnte. Kim glaubte, dass er sich in langen Ruhepausen unterlegen vorkam. Während sie sich über Sinn und Unsinn der modernen Welt Gedanken machte, wusste Denny schlichtweg nicht, an was er gerade denken sollte, um mit ihr im Einklang zu sein. Wie in diesem Moment. Im Augenwinkel sah Kim, dass er leicht nervös durch seine kurzen schwarzen Haare strich, dann an seinem Ministry-Bandshirt zupfte und abschließend mit seinem rechten Sneaker an seiner linken Wade schubberte. Tat er immer. Tat er vor ein paar Jahren auch schon, als er ihre Schwester kennengelernt hatte und sich nicht traute zuzugeben, dass er Nancy mindestens genauso heiß fand wie seine Freundin. Musste er auch nicht zugeben. Kim stellte es noch am gleichen Abend fest und auch gleich klar, dass er anschauen dürfe, wen er wolle. Fremdgehen werde aber mit Gliedamputation bestraft. Ein Witz. Irgendwie. Und jetzt, in diesem Moment, wirkte Denny schon wieder so. Kim spielte ein wenig an ihrem Septum. Das tat sie meistens, wenn sie sich in Gedanken verlor.

„Was genau soll hier passiert sein?"

Kim winkelte ein Bein ans Auto und räkelte sich ein wenig in der warmen Sonne. Ihr Jeansrock rutschte ein Stück höher als nötig und das schwarze Top tat das Gleiche. Manchmal ließ sie ihn einfach gerne zappeln.

Sie schaute zu Denny. Als sie seine Aufmerksamkeit hatte, zeigte sie nach oben auf ein unbestimmtes Ziel am Haus.

„Dort oben hat sie sich erhängt. In ihrem Kinderzimmer."

Wie eine Revolverheldin nahm sie den Strick vom Autodach und schwang ihn gleich einem Patronengurt um ihren Körper. Während sie erzählte, gingen beide langsam auf das Gebäude zu. Jeder Schritt hatte einen eigenen Sound. Glassplitter, die mal knirschten, mal brachen. Schuhe auf Kiesel. Und einmal auch nur ein Rutschen, als Denny in seiner schlurfenden Art das Bein etwas zu wenig vom Boden hob. Die drei Stufen zur Veranda tippelte Kim sportlich hinauf, während Denny sich am Geländer wie ein Treppenlift hochzuziehen schien. Sie musterte die Veranda. Und die Fenster, deren Rollläden über die Zeit mit dem Fensterrahmen verschmolzen zu sein schienen. Die Geschichte erzählte sie nebenbei weiter.

„Die Kleine hieß Nancy. Ihre Eltern hatten hier eine Gaststätte. Dann starb die Mutter. Ein Gehirntumor. Zu spät festgestellt. Andere Zeiten eben. Ab da ging es bergab. Die Kleine war ein Engel. Ihr Vater flüchtete sich in den Schnaps. Das lag vielleicht daran, dass auch sein Bruder Jahre vorher schon dem großen K erlag. Und davor schon seine Eltern. Mit der Zeit wuchs in dem strenggläubigen Vater der Gedanke, dass der Tod seine Familie im Visier hatte."

Denny lehnte sich an eine Mauer. Ein Schaukelstuhl hätte ihm trotz seines Alters schon gut zu Gesicht gestanden.

„Und dann hat er seine Tochter dazu gezwungen sich selbst zu erhängen? Welchen Sinn hatte das denn?"

„Wahrscheinlich wollte er seiner Tochter den Krebs ersparen."

„Oh, ja, da ist ein gebrochenes Genick natürlich die schönere Alternative."

„Wie gesagt, ihr Vater war besessen von dem Gedanken, der Tod wäre in dieses Haus eingekehrt. Und würde einen nach dem anderen... ernten. Und nicht nur das."

Kim schritt langsam auf Denny zu. Sie besaß schon immer die beneidenswerte Fähigkeit, sich selbst zu begeistern. Und in diesem Fall war die taffe Blondine Feuer und Flamme für die Geschichte um das Geisterhaus und die kleine Nancy mit dem gebrochenen Genick. Vielleicht auch, weil sie eine gewisse Empathie für die vermeintliche Leidensgeschichte des Vaters empfand.

„Irgendwann begann er damit, – wenn er abends besoffen hinter der Theke stand – zu erzählen, dass ihm der Sensenmann, der Reaper, begegnet sei. Nicht nur metaphorisch. Sondern als Gestalt. Mit Sense, Knochen. Das volle Programm. Er hätte ihm angeboten, ihn vorerst zu verschonen, wenn er die Seele seiner Tochter anbieten würde. Nun war die Kleine aber das liebste Ding überhaupt. Und nach der Bibel, die er so schätzte, war Selbstmord eine Sünde. Auch für Kinder."

Kim schaute Denny tief in die Augen. Leidenschaft brodelte in ihr auf. Denny wirkte nun nicht mehr verängstigt, sondern vielmehr bockig.

„Was für ein Bullshit!"

Kim kannte diese Reaktion schon. Überstieg ein Gedanke die magere Fantasie ihres Boyfriends, neigte er zur Bockigkeit. Süß. Aber unsexy. Deswegen wollte sie sich aber nicht den Spaß nehmen lassen. Während sie die Falten aus seinem Shirt strich, erzählte sie weiter.

„Laut den Berichten auf dieser Horrorwebsite ist der Vater verrückt geworden, nachdem sich die Kleine erhängt hat. Das Ding hier, das Gasthaus, war von einem Tag auf den nächsten geschlossen. Seitdem hat den Mann angeblich niemand mehr gesehen. Weiß auch keiner, ob er auch schon tot ist, oder..."

Kim grinste schelmisch und setzte zum Kuss an. Denny streckte sich ihr selbstverständlich entgegen. Er war berechenbar. Kurz vorher schubste sie ihn leicht zurück. Noch wollte sie ihn nicht von der Angel lassen. Noch war es reizvoller, einen Eingang in das Geisterhaus zu finden. Kim begann die Rollläden zu inspizieren. Und das hieß bei ihr, sie rüttelte mit aller Kraft daran, trat dagegen und schlug bei zweien auch zu. In dem vollen Bewusstsein, dass es keinen Sinn hatte. Denny schaute einen Moment dabei zu, wie sich seine Freundin an dem Hindernis abrackerte, und ging zwei Alibischritte auf sie zu. Um sich überhaupt bewegt zu haben.

„Also ich glaube ja eher die offizielle Version der Geschichte: Depression und zack, Selbstmord. Das macht mehr Sinn."

Schlagartig drehte sich Kim um, ließ von den Fenstern ab und drückte Denny an die Häuserwand. Und obwohl dieser ihr Temperament kannte, wirkte er sichtlich erstaunt, fast verängstigt.

„Ist mir eigentlich egal, was Du glaubst oder nicht. Ich will nur, dass Du es machst."

„Was genau soll ich jetzt machen?"

„Du tust das, was Du sowieso jeden Tag tust."

Kim schwang in einer fließenden Bewegung das Seil um Dennys Hals. Er griff aus Reflex an das Seil.

„Du sollst mich ficken! Und zwar auf dem Tisch, auf dem sie gestorben ist!"

Sie küsste Denny. Schon der Gedanke daran, wie er ihr später den Strick umlegen würde, brachte ihr Blut zum Kochen, drehte den Spieß fast um und hätte beinahe dafür gesorgt, dass sie sich ihm schon auf der Veranda hingegeben hätte. Aber nur fast. Stattdessen drückte sie ihr linkes Knie dorthin, wo Männer am empfindlichsten sind. Denny stand unter Strom, das spürte sie. An ihrem Knie. In seinen Augen las Kim die Unsicherheit. Ficken? Nicht ficken? Was wollte sie nur? Urplötzlich ließ sie das Seil locker. Denny ruckte zurück gegen die Wand. Dann schlang sie es wieder um ihren Körper und grinste ihn an. Sie hatte sich wieder im Griff. Das machte es offenbar auch Denny einfacher, wieder in die Spur zu kommen.

„Und wie kommen wir da nun rein?"

Ein lautes Krachen durchbrach die Stille, die seit Jahrzehnten in dieser Küche geherrscht hatte. Und während Kim und Denny von außen das alte Fenster bezwangen, brachen sich immer mehr Sonnenstrahlen durch den Dreck der verkrusteten Scheibe. Dann der Durchbruch. Mit aller Kraft und einem martialischen Knurren drückte Kim die Rollläden nach oben. Dann ging sie ein paar Schritte zurück. Denny nahm Anlauf. Die Fensterscheibe zerbarst. So wie sie sich umständlich in die Küche mühten, sahen die beiden fast aus wie Grabräuber bei einer Tour durch die Pyramiden. Der Gestank war sicherlich ähnlich. Aber mit ziemlicher Sicherheit sah es in den Grabstätten der alten Ägypter aufgeräumter aus. Naserümpfend checkte Kim den Raum, der vor Ewigkeiten mal eine Küche war, und legte nebenbei das Seil ab. Sein Einsatz würde später kommen. Geöffnete Konservendosen hatten sich mittlerweile in prächtig funktionierende Schimmelbiotope verwandelt. Generell machte die Küche den Eindruck, als hätte hier jemand blindlings gewütet und in Raserei die Einrichtung zerlegt. Ein Küchenbeil steckte in einer Fliese. Besteck lag verstreut am Boden, manchmal neben Scherben des zerbrochenen Geschirrs.

Denny verzog sein Gesicht, ob des Gestanks und der zahlreichen Schimmelkulturen, rümpfte die Nase und ließ trotzdem das Alphamännchen raus.

„Hey, warum nehmen wir nicht gleich die Küche hier? Dreckiger bekommst Du es nirgends besorgt!"

Kim konnte nicht anders, als laut loszulachen. Denny wollte so ein Hengst sein, blökte aber manchmal los wie ein Esel. Wie ein süßer Esel. Grinsend streckte sie ihm den Mittelfinger entgegen und verschwand durch eine zerborstene Falttür aus der Küche. Sofern man das Drecksloch überhaupt noch so nennen wollte. Aus dem Augenwinkel sah sie Denny, der mit Schmollmund ihrem Hintern nachschaute.

Der Saal. Der eklig süßliche Geruch von altem Bier und mittlerweile zu Essig vergorenem Wein erschlug Kim und schien sekündlich schlimmer zu werden. Zwischendurch bildete sie sich ein, auch noch Desinfektionsmittel zu riechen. Und Verwesung. Ein olfaktorischer Overkill, der mit den Millionen aufgewirbelten Staubpartikeln eine Symbiose eingegangen zu sein schien und sich an Haut, Kleidung und vor allem in die Atemwege fraß. Kim beäugte die Theke, die unnatürlich sauber aussah. Das kreisrunde Tablett ragte so weit über den Rand hinaus, dass es eigentlich nur noch eine Frage der Zeit sein konnte, bis es abstürzte. Unnatürlich. Genauso wie die drei Biergläser, deren Schaumkronen längst Schimmelhauben gewichen waren, um die die Fliegen zirkelten.

Kim dachte etwas zu laut: „Er hat wirklich alles stehen und liegen lassen. Hier sieht es aus, als käme gleich jemand vom Pissen zurück."

Sie widerstand dem Drang, das Tablett in eine sichere Position zu schieben, als sie um die Theke herumging. Stattdessen wischte sie dabei über das Holz. Nein, kein Staub; Daumen und Zeigefinger zerrieben nichts. Trotzdem roch sie danach an ihren Fingern und zuckte augenblicklich zurück. Das Nichts von der Theke stank bestialisch. Es war dieser eigentümlich süßliche Geruch, der manchmal aus Wohnungen quillt, wenn die Feuerwehr die Tür mit Gewalt geöffnet hat. Kim kannte diesen Geruch. Sie hatte einmal die Feuerwehr gerufen. Treffer versenkt. Sie kannte ihn nicht gut – sie kannte niemanden gut in dem 20-Etagen-Ghetto-Wohnblock –, aber grüßte zumindest freundlich und nahm ihre Pakete an. Irgendwie sah sie sich damals dazu genötigt, sich bei seiner Beerdigung blicken zu lassen. Dafür, dass sie den Alten aus einer Einraumwohnung geholt hatten, war das Begräbnis regelrecht überbordend. Arschige Familie. Kannte sie auch.

Kim kehrte zurück. Lag der Bestellzettel eben auch schon da? Egal. Ein Bier. Warum nicht? Was würde wohl passieren, wenn sie den Zapfhahn aufdrehte? Mit geübtem Griff hielt sie das Glas unter den Stutzen und zog an dem kleinen Hebel. Schon tausendmal gemacht. Nie blieb die Leitung ruhig. Auch jetzt nicht. Ein uriges Grollen arbeitete sich hoch und ergoss sich in einer rotbraunen Pfütze im Bierglas. Und Kim hätte ihren Arsch darauf verwettet, dass sie plötzlich den ihr so vertrauten metallischen Mief von abgestandenem Blut in der Nase hatte. Sie erstarrte. Scheiß Gruselbude. Scheiß geile Gruselbude. Jetzt war es wieder still. Zu still für diesen Moment. Was machte Denny eigentlich? Urplötzlich riss ihr der Geduldsfaden. Kim schwang sich erst auf, dann in einem Zug über die Theke und eilte in Richtung Küche. Dieser treudoofe Bernhardiner machte doch sonst Krach für zehn, warum gab er denn jetzt kein Lebenszeichen von sich?

Kim stand vor der Küche und starrte auf Denny, der scheppernd eine Dose wegkickte und am Kühlschrank herumfummelte. Der verfickte Staub schluckte Licht und stank, aber er konnte doch keine Geräusche fressen.

Kim lehnte sich in den Türrahmen: „Sag mal, Knackarsch, hättest Du nicht eben mal antworten können? Ist auch so schon creepy genug. Da musst Du nicht noch in der Bude hier herumschleichen."

Denny zog mit aller Gewalt an einer Kühlschranktür und fiel idiotenstilecht nach hinten, als der Griff abbrach. Mit seinen Kulleraugen schaute er zu Kim: „Hä? Was is' los? Ich hab doch geantwortet. Du hast vom Pissen geredet und ich hab gesagt, dass ich vorm Bumsen auch gerne nochmal pissen gehen würde."

Kim schaute Denny kurz ungläubig an; einen Moment zu lange bevor sie zum Antworten ansetzte. Denny ließ sie nicht. Er deutete auf eine halbvolle Bierflasche in der Ecke der Küche: „Wir sind nicht die ersten hier. Ich hab keine Lust, dass uns irgendwelche Penner beim Vögeln beobachten."

„Boah, Denny, zieh' Dir doch einfach mal den gigantischen Besenstiel aus dem Arsch. Das ist ja nur noch peinlich!"

Vielleicht lag es daran, dass Denny es schon kannte – sie wurde meistens fies, wenn sie frustriert war – oder an der Atmosphäre des Hauses, aber dass er nach ihrem Anpfiff unbeeindruckt eine kaputte Porzellantasse befingerte, regte sie gerade noch mehr auf. Als wäre sie gar nicht da. Als würde in ihrem bescheuerten Sextoy ein Programm ablaufen. Als Denny sie doch kurz anschaute, setzte er ein dämlich starres Grinsen auf. Dieses Grinsen kannte sie nicht von ihm. Es wirkte künstlich und einschüchternd. Und gefährlich. Eigenschaften, die sie Denny nicht mal zuschreiben würde, wenn er sie mit Hockeymaske und Machete begrüßen würde. Kim rollte betont genervt mit den Augen, drehte sich wortlos um und ging in den Saal zurück.

Sie schaute wieder zur Theke, diesmal nur flüchtig. Viel interessanter war die große, massive Schiebetür am Ende des Saals. Sie erinnerte Kim stark an die Kneipe, in der sie eine Zeit lang Nachtschichten und vollgekotzte Klos geschrubbt hatte. Dort wurde die Schiebetür nur für Familienfeiern geöffnet. Und das bedeutete immer, dass sie sich nach den ersten zwei Stunden an den Arsch packen lassen musste und Nummern von irgendwelchen Knitterfressen zugesteckt bekam. Als sie dem letzten Verehrer einen Doppelkorn ins Auge geschüttet hatte, flog sie.

Wichtiger war jetzt aber die Frage, welche Überraschungen sie hinter dieser Tür erwarten konnte. Energisch, fast trotzig, packte sie die großen Türgriffe. Doch egal in welche Richtung sie Kraft ausübte, das Scheißding wollte sich nicht bewegen. Als Kim sich erschöpft mit dem Rücken gegen die beschissene Doppeltür lehnte, fiel ihr auf, dass sie einen direkten Blick in die Küche hatte. War das eben auch schon so? Das wirkte – falsch. Sie schaute in die Küche und sah Denny. Vielleicht hatte er mehr Glück mit der Tür.

„Kannst Du mal kurz kommen?"

Denny reagierte nicht. Dafür kroch Kim dieser vertraute Geruch in die Nase. Dieser Geruch, den sie vor einigen Momenten auch aus dem Zapfhahn befreit hatte. Altes Blut. Verwesung. Dann schaute Denny zu ihr und stellte nebenbei eine Tasse zurück in ein Regal. Seine Bewegungen wirkten unnatürlich abgehackt. Fast so wie bei Puppen in einer Geisterbahn. Vielleicht wollte Kim es auch nur so wahrnehmen, weil es zum Horrorhausklischee gepasst hätte. Aber warum zum Teufel starrte sie Denny dann immer noch an? Warum starrte er sie immer noch mit diesem unnatürlichen Grinsen an? Warum dieses unnatürliche Grinsen, verdammt nochmal? Und warum stank es in dieser Bude überall nach altem Blut?

„Denny? Kannst Du jetzt verfickt nochmal einfach kommen?"

Eben stand Denny doch nicht im Türrahmen. Er stand vor dem Schrank, mitten in der Küche, aber nicht im Türrahmen!
Ein Aussetzer? Schon wieder? Nein! Ruhe. Es gibt keine Aussetzer.
Kim fixierte Denny mit ihrem Blick. Er grinste immer noch starr. Jetzt hob er auch noch die rechte Hand nach oben und winkte. Aber er schien gar keine eigene Körperspannung in seinem Körper zu haben. Man hätte meinen können, jemand würde seine Hand an einem Faden hochziehen und nach links und rechts schwenken. So bewegten sich keine Menschen. Das war zu viel. Ihr Blut wütete durch ihre Adern. In ihrem Kopf begann es zu rauschen. Ihre Umgebung nahm sie wie in Zeitlupe und durch Milchglas wahr. Sie versuchte trotzdem, Denny weiter zu fixieren. Etwas in ihr sagte, dass sie ihn nicht aus den Augen lassen durfte.
Hinter Denny war doch etwas. Etwas Dunkles. Etwas Bizarres. Nein, nicht dunkel. Nicht dunkel wie dunkle Erde. Eher so, als

würde es das Licht verschlucken. Ein benommenes Blinzeln später hatte die Schwärze so etwas wie einen Umriss bekommen. Noch ein Blinzeln später winkte Denny nicht mehr. Dafür hielt er seine Hände jetzt vor sein Gesicht. Und aus der Dunkelheit hatte sich eine Gestalt geformt. Eine riesige Gestalt, die hinter Denny stand und diesen um drei Köpfe überragte. Und dieser Türrahmen war doch plötzlich so abartig groß. Der Verwesungsgeruch brachte Kim zum Würgen. Das Milchglas in ihrem Blick wurde immer dicker. Trotzdem sah sie die Gestalt scharf; sah die knochigen, länglichen Stümpfe, die aus der Rückseite hervorlugten. Sie glaubte, ein paar schwarze Federn daran zu erkennen. War das eine lange schwarze Kutte? Aber das war kein Stoff; sondern dicker schwarzer Nebel – oder? Unter einer Kapuze schien sich eine endlose Leere zu sammeln. Aber da war doch etwas, in dieser Leere. Da war doch etwas, unter dieser Kapuze? Umrisse zeichneten sich ab. So etwas wie zwei schwarze Perlen und etwas Langes und Spitzes.

Noch ein Blinzeln.

Denny hielt die Hände fest vor sein Gesicht. Blut quoll durch die Finger. Die schwarze Gestalt hielt eine große, nein, eine gigantische schwarze Sense und holte weit aus zum Schlag. Kim konnte sich nicht mehr bewegen. Sie konnte nichts mehr machen. Ihr ganzer Körper gehorchte ihr nicht mehr. Selbst blinzeln war unmöglich. Sie starrte auf die groteske Szenerie vor ihr. Kims Herz hämmerte schwer in ihrer Brust und wollte bersten.

Denny riss die Arme runter. Leere, blutige Augenhöhlen starrten ihr entgegen, aus denen eine gelbe Masse quoll und in Bahnen über Dennys Gesicht rann; vorbei an einem verzerrten Grinsen.

Einen unnatürlich langen Moment später zerriss es Dennys Körper. Kim konnte die Bewegungen des Sensenblattes nur nachvollziehen, weil die Klinge eine flirrende Spur in der Luft hinterließ, fast als wolle ihr Gehirn eine Langzeitbelichtung dieses Alptraums machen. Längst bot Kims Körper ihr die Gnade einer Ohnmacht an. Irgendetwas hielt sie davon ab, das Angebot anzunehmen. Und so starrte sie weiter geradeaus. Als hätte jemand einen Verstärker aufgedreht, vibrierte es in ihr, als die Sense wieder und wieder durch Haut, Sehnen und Knochen wütete. Dennys Fleisch klatschte auf den Boden, Stück für Stück.

Dann riss der Maelstrom Kim endlich in die Schwärze.

Kim öffnete benommen die Augen. Ihre Hände umschlossen noch immer die Griffe der großen Schiebetür. Ihre Augen schauten wild umher. Sie traute sich nicht, sich umzudrehen oder auch nur einen Muskel zu bewegen. So erging es ihr manchmal, wenn sie nachts schweißgebadet aufgewacht war. Der Verstand sagt einem, man sei in Sicherheit. Aber alles andere möchte sich nicht umdrehen; nicht mal die Augen richtig aufmachen, weil da vielleicht doch etwas in der Dunkelheit sitzen könnte. Oft hatte sie minutenlang trotz der Schmerzen dagelegen, bevor sie zitternd nach der Klingel gegriffen hatte.

Welche Klingel? Welche Schmerzen?

NEIN!

Nein!

Nein.

Kim atmete tief ein. Und aus. Und ein. Und aus.

„Süße?"

Dennys Stimme löste sie aus der Starre. Instinktiv drehte sie sich Richtung Küche. Dachte sie zumindest. Ihr gegenüber stand eine vergilbte Wand. Die Rückseite der Theke mit einer kleinen Durchreiche zur Küche. Die Verbindungstür zur Küche lag diagonal gegenüber. Von der Schiebetür konnte man kaum hineinschauen.

„Äh, hallo, Sweety?"

Das kam nicht aus der Küche. Das kam von oben. Jetzt nicht die Fassung verlieren. Sie wollte in ein Horrorhaus, jetzt hatte sie ein Horrorhaus. Es gab keinen Grund dafür, „dass Dir jetzt die

Nerven durchgehen." Manchmal tat sie das. Manchmal flüsterte Kim zu sich selbst. Klar war das albern, aber wenn sie es nicht ertrug, alleine zu sein, beruhigte sie manchmal ihre eigene Stimme. Stille ist Einsamkeit. Bis zur nächsten Visite.

Bis eben hatte Kim die opulente Wendeltreppe aus dunkelbraunem Holz gar nicht wahrgenommen. Dennys Rufe hatten ihre Aufmerksamkeit darauf gelenkt. Durch die kleinen blinden Fenster schafften es nur wenige Sonnenstrahlen, wurden dort auch noch seltsam gebrochen und fielen punktuell auf die Treppenstufen. Dort, wo dieses Zwielicht auf das Holz traf, schien es einen rötlichen Schimmer zu bekommen. Fast wie Rotwein.

In diesem Anblick hätte man sich verlieren können. Aber da war ja noch was.

„Denny? Bist Du da oben?"

Mr. Knackarsch konnte man schon immer leicht begeistern. Vinyl, Gameboy – oder eben Gruselkram. Dass Denny jetzt so Feuer und Flamme für dieses Haus war, obwohl er vorhin noch nicht mal rein wollte, wunderte sie kein Stück. Denny wollte begeistert werden. Und in diesem Fall hatte es nur ein paar Stunden gedauert.

Ein paar Stunden? Eher ein paar Minuten, oder nicht? Wann war Denny eigentlich hochgegangen? Vor oder nach diesem Tagtraum? Warum hat er denn nichts gesagt? Aus. Zu viele Fragen. Ruhe.

Dennys Stimme schallte wieder durchs Haus.

„Ich hab ihr Zimmer gefunden. Das musst Du sehen."

Unfassbar. Sie wollte hier unbedingt hin und jetzt hatte ausgerechnet Denny das Zimmer der Kleinen gefunden. Kim pumpte ihre Antwort in die erste Etage.

„Wehe, Du gehst da zuerst rein! Und wie verfickt nochmal bist Du da überhaupt so schnell hochgekommen?"

„Ich hab ihr Zimmer gefunden. Das musst Du sehen."
„Ja, hab ich verstanden! Ich komme jetzt hoch. Und ich gehe da zuerst rein! Ich warne Dich!"

Die Architektur des Hauses schien sich auch auf die Akustik auszuwirken. Als Denny seine Antwort das zweite Mal gab, klang es fast etwas blechern. So wie Lautsprecher. Doktor Möbius bitte auf die Onkologie, Doktor Möbius. Als Kim am unteren Treppenende stand, wischte sie kurz über das Geländer. Kein Staub. Muss am Holz liegen. Einer der Zwielichtstrahlen fiel auf ihren Handrücken. Der gleiche Effekt wie beim Holz, ein dunkelroter Schimmer. Seltsam. Mit zügigem Schritt erklomm Kim die Wendeltreppe. Im Augenwinkel glaubte sie kurz, das Auto vor dem Haus stehen zu sehen. War Blödsinn, denn sie hatten sich vor dem

Hauseingang gestellt und der war am entgegengesetzten Hausende.

Die erste Etage. Ein langer Flur mit dunkler Täfelung und einer abgrundtief hässlichen Tapete mit Blumenmuster. Kleine blaue Ranken, so wie auf dem Geschirr, das Omas immer im Schrank haben. Sie ließ kurz ihren Blick schweifen. Auch hier herrschte dieses seltsame Zwielicht. Das lag vermutlich daran, dass die einzige Lichtquelle ein kleines dreieckiges Glasfenster am Südende des Flurs war, durch das jetzt das gleiche diffuse Licht fiel, wie durch die kleinen Scheiben entlang der Wendeltreppe. Von ihrem Standpunkt aus konnte sie nach links oder nach rechts gehen. Beide Seiten wirkten seltsam symmetrisch auf sie. Auf jeder Seite des Flurs befanden sich drei Türen, die im Abstand von knapp zwei Metern zueinander standen. Einziger Unterschied war das Fenster an der Südseite. Am gegenüberliegenden Ende des Flurs, rechts von Kim, hang auf gleicher Höhe ein Bild, das ein weinendes Mädchen zeigte. Dennys Stimme hallte wieder durch die Räume.

„Ich hab ihr Zimmer gefunden. Das musst Du sehen."

Kim schaute sich um. Sie konnte gar nicht ausmachen, aus welcher Richtung es gekommen war. Aber irgendwie schien es die gar nicht zu geben. Und war da nicht wieder dieser blecherne Hall in seiner Stimme? Lag es vielleicht an der Architektur des Gebäudes? Wurde der Schall ungünstig reflektiert? Und warum, zur verschissenen Hölle, quatschte der Vollidiot immer das Gleiche?

„Denny? Wo bist Du denn, verdammt nochmal? Ich habe gerade keinen Bock auf den Scheiß!"

Dann eben anders. Kim eilte links entlang, in Richtung des Fensters und der ersten Tür.

Zu.

Zur zweiten Tür.

Zu. Verdammt nochmal.

Die dritte vielleicht.

Zu. Scheiße, verfluchte Scheiße.

Die nächste.

Zu.

Kim schaute den Gang in Richtung Bild. Noch drei Türen übrig. Noch drei? Sieben Türen. Die vor der sie jetzt stand, lag nur einen Schritt vor der Wendeltreppe. Ihr war so, als wäre die Tür eben noch nicht dagewesen. Aber Türen waren nicht wie Kerle, sie tauchten nicht einfach auf. Jetzt rief sie nicht mehr nach Denny, sie brüllte.

„Denny! Ich hab's kapiert! Du bist der scheiß verfickte Held. Kommst Du irgendwo rausgesprungen und feierst Dich dafür – ich schwöre Dir, dass ich Deine Eier zu Mus trete!"

Sie konnte nicht anders und drosch dabei gegen die Tür vor ihr. Kurz danach hörte sie ein Quietschen am Ende des Ganges, in Höhe des Porträts von dem weinenden Mädchen. Die letzte Tür öffnete sich. Und ein verwirrter Denny trat in den Flur und schaute seine große Liebe mit Kulleraugen an.

„Sag mal, was machst Du denn hier so einen Krach? Ich hab doch gesagt, erste Etage, rechte Seite und letzte Tür. Das ist so fucking gruselig, wenn Du dann hier plötzlich so'n Lärm machst. Und sorry, dass ich schon drin war. Aber ich hab das doch auch erst gecheckt, dass das ihr Zimmer ist, als ich mich umgeschaut habe. Komm schon. Das ist supercreepy hier."

Sie wusste nicht, was sie sagen sollte. Kim stand nur da und schaute diesem Typen in die Augen, den sie liebte und mit dem sie in diesem Horrorhaus ficken wollte. Sie schaute dem Typen in die Augen, vor dem sie eben noch Angst gehabt hatte. Eine Urangst, tief in ihren Eingeweiden. Und nichts von seiner Erklärung ergab irgendeinen Sinn für sie. Denny setzte sich in Bewegung.

„Nein. Bleib da stehen. Bitte."

Er stoppte sofort. Nun hatte Denny nur noch Fragezeichen in den Augen.

„Sag mal, ist alles in Ordnung? Wir können auch wieder losfahren. Ficken können wir überall, richtig? Aber wir sollten dringend ein paar Fotos von der Bude hier machen. Ansonsten ärgerst Du Dich wieder. Ich kenn Dich doch."

Kim zögerte. Bei Horrorfilmen regte sie sich immer darüber auf, dass die Protagonisten vollkommen überflüssige Probleme hatten, weil sie nicht Tacheles redeten. Warum es also nicht besser machen?

„Ich hatte eben so ein mieses Gefühl. Unten auch schon. Ich find's cool, dass es hier so spooky ist und so, aber eben ging's mir echt an die Nerven. Ich hab gedacht, dass ich hier 'ne Tür gesehen hätte, die jetzt doch nicht da ist. Tut mir leid. Eigentlich – ich weiß, dass es eigentlich anders laufen sollte. Und jetzt..."

Denny schmunzelte.

„Ja, ach, ist doch nicht so schlimm. Ist ja auch feinste Texas-Chainsaw-Atmosphäre hier. Wie gesagt, wir können auch abdampfen. Ich bekomm eh langsam Hunger. Und in der Küche da unten finde ich wohl nichts mehr.

War Denny schon immer so aufmerksam; so lieb und verständnisvoll? War das wirklich ihr Denny, der treudoofe Macho mit Dauererektion und Hundeblick? So wie jetzt, so war es schön. Unmöglich, dass dieser Denny ihr etwas antun würde. Sie ging auf ihn zu und drückte ihm einen flüchtigen Kuss auf, bevor sie das Kinderzimmer betrat. In der Mitte blieb sie stehen. Das Zwielicht hatte nun auch diesen Raum erreicht und lud die Atmosphäre auf. Auf den grünbraunen Stockflecken der Bettwäsche wäre der braune Teddybär fast untergegangen, dem man fast eine gewisse Melancholie hätte unterstellen können, so wie er da teilnahmslos lag, ein merkwürdiges Glitzern in den Knopfaugen. Folgte man seinem starren Blick, landete man bei einem schmucklosen dunklen Holztisch. An dem stand Kim und starrte auf die zwei Fußabdrücke, die sich auf der Tischplatte abzeichneten. Kim verlor sich in dem Anblick. Auf den Fußabdrücken lag eine dicke Staubschicht. Aber nur da. Der Rest wirkte seltsam sauber; wie vorhin das Geländer. Was war das für ein Phänomen?

„Und, ist es so, wie Du es Dir vorgestellt hast?"

Kim schaute nicht zu Denny. Sie hatte sich in dem Anblick des Tisches verloren. Sie antwortete auf Autopilot.

„Ich hab mir eigentlich gar nichts vorgestellt." Sie schaute nach oben, zum Dachbalken. Ein breiter Streifen Staub schien um den Balken herumzugehen. „Aber hier, genau an dieser Stelle, hat sich die Kleine erhängt." Dann ging sie zu Denny ans Fenster und kratzte zärtlich an seinem Genick.

„Spürst Du das auch? Diese Grabeskälte und die Gewissheit, dass das Leben endlich ist?"

Denny schaute Kim tief in die Augen. „Ich finde es hier eigentlich gar nicht so kalt. Aber wollten wir auf dem Tisch da nicht eigentlich ficken?"

Kim schaute Denny an, ließ einen kleinen Schmunzler zu und packte dann zwischen seine Beine. „Der Strick liegt in der Küche. Den holst Du jetzt. Und dann fickst Du mich hier einmal quer durch die Bude!"

Denny verschwand aus dem Zimmer. Kim schaute durch das Fenster in die Ferne und begann sich auszuziehen. Kurz glaubte sie, am Waldrand jemanden zu erblicken.
Doch nicht. Nur ein Schatten im Zwielicht.

KAPITEL II

TWO STRANGERS IN RAVEN

♫

Burning Inside
Ministry
The Mind Is a Terrible Thing to Taste (1989)

Wer den Ort nicht kannte, kannte den Ort nicht. Gravenhorst lag in der Mitte des Nichts. Auf der südwestlichen Seite grenzten gigantische Maisfelder das Dorf von der Außenwelt ab, im Nordosten ein ungewöhnlich dichter und hoher Buchenwald, der nachts das Licht des Vollmonds verschlucken konnte. Die älteren Dorfbewohner erzählten den wenigen Kindern des Dorfes schauerliche Geschichten über missgebildete Gestalten, die sich in den weitläufigen Schatten der Buchen wohlfühlten, uralte Waldgottheiten anbeteten und nur darauf warten würden, unachtsame Kinder des Nächtens vom Waldrand zu pflücken. Die Gravenhorster blieben gerne unter sich. So gerne, dass man ihnen in den umliegenden Gemeinden hinter vorgehaltener Hand schlimme Sachen nachsagte. Etwa den tödlichen Unfall eines Bauarbeiters, der den Anfang einer neuen Straße nach Gravenhorst asphaltieren sollte und dabei von der Asphaltiermaschine in Stücke gerissen wurde. Ein Gemisch aus geronnenem Blut und Asphalt klebte bis heute am Ortseingangsschild und ließ nur einen Rest Schrift frei: „raven". Die Bauarbeiten wurden umgehend beendet und die angefangene Straße riss auf halber Strecke ab. Die letzten Meter des befestigen Weges endeten vor einer Bar.

Die „Rabentränke" wäre in einem altmodischen Western kaum aufgefallen und sah von außen aus wie ein Saloon. Die Schwingtüren gab es mittlerweile zwar nicht mehr, aber wenn man das Gebäude etwas gründlicher inspiziert hätte, wären die Überbleibsel von Tränke und Anbindepfahl ins Auge gestochen. Die markante Holzveranda hingegen verströmte noch immer ein bisschen Pionier-Charme. Warum so ein Gebäude überhaupt hier stand, das wusste in Gravenhorst kaum noch jemand. Wenn die ‚verrückte Milli' allerdings einen guten Tag hatte und mehr zustande brachte, als apathisch in ihrem Kräutergarten herumzulaufen, erzählte sie jedem, der es hören oder auch nicht hören wollte, die vermeintliche Entstehungsgeschichte der Rabentränke. Ihrer Erinnerung nach ging die markante Bauweise auf den vermuteten Gründer des Dorfs Gravenhorst zurück, Joachim Raaf.

Millies Geschichte folgend, floh ein „Jedediah Rawf" vor den aufkeimenden Hexenprozessen in Neuengland. Unter dem Namen „Jedediah Smith" schloss er sich als Trapper verschiedenen Siedlertracks an und machte dabei ein kleines

Vermögen. In letzter Instanz floh er erneut, als ihn eine Handvoll Geistlicher des Mordes an drei jugendlichen Kindern bezichtigten, die nach langer Suche in einer Holzhütte gefunden wurden – widerlich zerstückelt und drapiert zwischen geschnitzten Holzfiguren und seltsam funkelnden Onyxen. Diesmal floh Jedediah, so weit er konnte, und steuerte Europa an.

Im Grenzgebiet zwischen dem Königreich Holland und dem Deutschen Bund „lernte Joachim Raaf seine Seelenverwandte Merle Brouwer kennen, die seine Liebe zu den verbotenen Schriften teilte", wie die verrückte Millie an dieser Stelle ihrer Geschichte immer seufzte. Zusammen mit anderen Gleichgesinnten gründete Raaf das Dorf „Gravenhorst" und pflegte seitdem nur noch so viel Umgang mit den Menschen außerhalb des Dorfes, wie es nötig war. Erstes Gebäude der Stadt wurde die Rabentränke, die in den Gründungstagen Gravenhorsts Mittelpunkt für die ersten Bewohner war. Man lebte und arbeitete hier; feierte und tanzte; betete und flehte um Erbarmen. Eine Kirche würde es bis in die Gegenwart nicht geben. Das Christentum war schon damals für alle Bewohner des noch jungen Dorfes nur eine Farce. Sie suchten nach den Göttern hinter dem Gott; älter als die Zeit und unbeschreiblich in ihrer Grausamkeit. Raaf hatte die Rabentränke nach Art eines Saloons bauen lassen; jenen Bars, in denen er seine einzigen guten Erfahrungen in der neuen Welt gemacht hatte.

„Und manchmal füllte sich die Rabentränke mit Blut", beendete die verrückte Millie ihre Geschichte meistens, bevor ihre Gedanken wieder im Nebel ihrer Verwirrung verschwanden.

In der Gegenwart war die Rabentränke nicht mehr ausschließlich der Dorfgemeinde vorbehalten, fungierte aber als eine Art soziokulturelle Zugbrücke, die nicht jedem Besucher Durchgang nach Gravenhorst ermöglichte. So wurde in der Bar auch die spärlich eintrudelnde Post abgegeben und dann selbstständig im Dorf verteilt, ebenso wie die seltenen Lebensmittellieferungen und Baumaterial. Mit einer weiteren Facette hatte sich die Kneipe allerdings auch als neutrales Terrain etabliert. Hier konnten Deals ausgehandelt oder auch mal das ein oder andere Kilo übergeben werden, ohne dass die Behörden in Reichweite waren. Das Schweigen der Gravenhorster bekam man gratis – ausgenommen ein, zwei Mitbringsel von ‚draußen', etwa Schokolade für die Kinder. Oder...

Die Abendsonne tauchte das angrenzende Maisfeld in ein rotes Dämmerlicht, das vom bleischwer liegenden Nebel diffus zerstreut wurde. Zwei Scheinwerfer bohrten aus der Ferne darin herum, bis sie kurz vor der Kneipe die Nebelfetzen durchbrachen. Das dazugehörige Brüllen eines Spritfressers schien der Nebel ebenso zu schlucken wie das Scheinwerferlicht.

Wie ein wilder Bär krachte der nachtblaue Mercedes Vito aus dem Nebel, bevor die Bremsen scharf getreten wurden und das mit Schlammspritzern bedeckte Ungetüm zum Stehen kam. Vor der Rabentränke stand nur noch ein anderes Vehikel, ein lilafarbener VW Polo. Der Transporter wurde direkt daneben abgestellt. Die Lichter erloschen, der Motor kam zur Ruhe, die Fahrertür wurde geöffnet. Eine drahtige Gestalt rutschte vom Fahrersitz, schnappte sich ihre Lederjacke, knallte die Tür zu und zündete sich eine Zigarette an. Nancy ließ die Zigarette im Mund, schnürte ihr blondes Haar nebenbei zu einem Dutt und verriegelte den Transporter. Der Rauch der billigen Zigaretten kratzte sonst nicht so im Hals. Aber ihre Kehle war staubtrocken, die Zunge schwer. Die Straße bis zu dieser scheiß Dorfkneipe hatte einfach kein Ende nehmen wollen. Nancy starrte in den Nebel und rauchte weiter. Sie war keine ängstliche Person, eher ein Troublemaker, aber die Strecke hierher hatte ihr eine Furcht in die Knochen getrieben, die sie vorher nicht kannte. Sie löste ihren Blick und ging drei Schritte um ihren Transporter herum, um einen Blick auf den VW Polo zu werfen.

„Man, wie bist Du mit diesem Teil bloß hier durchgekommen?"

Nancy beäugte das Gebäude, zog einen zerfledderten Zettel aus der Lederjacke und verglich den Namen. „Rabentränke". Stimmte. Auf der Rückseite fand sich ein wirres Gekritzel, das der Alte an der Tankstelle wohl als Wegbeschreibung angedacht hatte, bevor er Nancy mit großväterlicher Strenge davon abgeraten hatte, nach Gravenhorst zu fahren. Aber das wahr leider nicht verhandelbar. Nun stand sie hier und wünschte sich kurz, sie hätte auf den Opa mit der schief sitzenden Nickelbrille gehört. Dann drehte sie sich um und ging zügig zum Eingang. Durch die Eingangstür konnte sie direkt bis zum Tresen schauen. Dahinter stand eine hochgewachsene Brünette, spülte Gläser und schaute unvermittelt in Richtung Eingangstür. Nancy zeigte fragend den Zigarettenrest hoch. Die Brünette deutete ein Nicken an und verschwand dann mit einem vollen Tablett aus Nancys Sichtfeld. Die Eingangstür ließ sich zwar leicht öffnen, war aber sichtlich schwerer als normale Türen. Erst jetzt fiel ihr auf, dass sie von draußen keine Geräusche aus der Rabentränke gehört hatte, obwohl hier drinnen schrammelige Rockmusik lief und es recht launig zuging. Die roten Backsteine isolierten sicherlich viel, konnten die Kneipe aber unmöglich derartig isolieren. Nancy fühlte sich sofort unbehaglich. Irgendwo hier musste er doch sein. Als sie sich umschaute, schauten die Gäste zurück. Niemand starrte sie lange an. Aber sie war fremd und die Rabentränke wollte ihr auch nichts anderes vermitteln. Elektrisches Licht wurde spärlich eingesetzt. Stattdessen stand auf jedem der Holztische eine Kerze im Glas und zauberte einigen Gestalten grotesk tanzende Schatten aufs Gesicht. Eine unbeleuchtete Treppe führte in die zweite Etage, die wie ein breiter Balkon an drei Seiten der Kneipe entlanglief. Vermutlich saß er dort oben. Wie sie ihn kannte, hatte er sich an einen Tisch gekauert und starrte Löcher ins Holz. Nancy ging mit festem Schritt die Treppe hoch und war erleichtert, als ihre Augen ihn fanden. Denny. Er bemerkte sie gar nicht und saß wie erwartet mit zusammengepressten Händen am Tisch, der den Blicken des Nervöslings weiter standhielt. Nancy musterte ihn kurz aus der Ferne. Denny sah fertig aus; wie ein Schatten seiner selbst. Als hätte jemand einen Zombie in T-Shirt, Jeans und Sneaker gesteckt. Denny wippte nervös mit dem Bein und löste seinen Blick nun doch vom Tisch. Nancy setzte sich wieder in Bewegung. Ihre Blicke trafen sich. Denny begann zu weinen. Dann fielen sie sich in die Arme.

Erst nachdem sie beide am Tisch saßen, konnte Nancy Denny richtig begutachten. Sein Gesicht war eingefallen. Schwer zu entscheiden, was nun schlimmer aussah: Dennys tiefschwarze Augenringe oder seine Augen selbst, die offensichtlich dauerhaft verheult waren. Tiefe Risse zogen sich über die viel zu trockenen Lippen. Nancy musste wieder an den Zombie-Vergleich von eben denken und bestätigte ihn gedanklich.

Natürlich gab es keine Speisekarte. Pro forma schaute Nancy aber trotzdem auf die anderen Tische. Dabei fiel ihr Blick auf ein schwarzgekleidetes Goth-Pärchen, das in einer dunklen Ecke der zweiten Etage auf einer Couch saß und miteinander beschäftigt war. Das Girl löste sich kurz von ihrem Lover und warf Nancy ein Lächeln zu, bei dem sie gleichzeitig schwarze Kontaktlinsen und eine gespaltene Zunge entblößte. Vielleicht wollten die beiden Fremde erschrecken, vielleicht flirteten sie Nancy an. Ihr war es egal. Sie wandte sich wieder dem Häufchen Elend namens Denny zu.

„Hast Du schon was bestellt? Ich hab Durst wie 'ne Zicke am Strick."
Nancy schaut sich zwischendurch um. Man wusste ja nie.

„Was soll ich denn bestellen? Ich hab keinen Durst. Gibt doch nun wirklich genug anderes, über das wir uns den Kopf zerbrechen können!" Denny starrte weiter Löcher ins Holz.

„Ja, verstehe ich alles. Aber ich hatte eine richtig beschissene Fahrt und Du siehst aus, als ob man Dich an einem Kleiderbügel ins Regal hängen kann. Wir bestellen jetzt was."

„Man ey, sie ist Deine Schwester! Wie… Das ist wie… Als ob es Dir egal wäre!" Denny starrte dabei weiter Löcher in den Holztisch, dessen Maserung er mit seinen Fingern nachzeichnete.

Dann legte Nancy ihre Hände auf seine. „Kim macht das freiwillig. In ihrem Zustand ist das vielleicht ihre letzte Möglichkeit. Das weiß sie. Und wir wissen das auch. Warum und wieso sie ohne uns gestartet ist, weiß ich nicht. Vielleicht die Angst oder die Ungeduld. Ich find's auch scheiße. Aber es wird ja auch nicht besser, wenn wir… Das Rumheulen macht's halt auch nicht besser, weißt Du. "

Sie hatten die dritte Person kaum wahrgenommen. Die brünette Kellnerin stand neben dem Tisch. „Na ihr zwei. Ihr seht so aus, als ob ihr gerne Kummer ertränken möchtet. Wenn nachher einer von euch die Schüssel nicht mehr trifft, gibt's Ärger." Nancy zeigte auf ihre Zigarettenschachtel und schaute die resolute Dame fragend an.

„Lunge oder Backe?"

„Lunge – leider", antwortete Nancy, verstand den Sinn dahinter aber nicht sofort.

„Na dann, von mir aus. Die ganzen Zigarillo- und Backpfeifen räuchern einem immer die ganze Bude voll. Aber nicht übertreiben."

Nancy steckte sich eine an. „Für mich Whisky-Cola bitte. Doppelt Whisky, zwei Eiswürfel."

„Schade um die Cola", nuschelte sie in Richtung Notizblock. „Und er bekommt mal besser eine Kinderschorle. Ach so, wenn ihr noch was wollt: Ich bin Natalie. Nicht Nats, nicht Nat, nicht Nattie – Natalie."
Damit zog Natalie ab.

Denny saß noch immer teilnahmslos da und schaute mit dem traurigen Blick eines Bernhardiners lustlos auf den Tisch, zu Nancy und irgendwo ins Leere. „Was ist, wenn sie stirbt? Mich nervt, dass ich nichts machen kann, außer ihr vielleicht die Hand zu halten. Das hab ich ihr auch mal gesagt. Da hat sie mir so eine seltsame Frage gestellt." Unnötigerweise flackerte die Kerze auf dem Tisch in diesem Moment und verpasste der Situation übertriebenen Pathos.
„,Was passiert mit einem Säugling, der außer Nahrung nichts bekommt?', hat sie gefragt. ,Denny, was passiert mit einem Säugling, der keine Liebe oder Zuneigung bekommt, keine Form von Sicherheit spürt?' Wer fragt denn sowas? Er stirbt – oder? Die Antwort ist, er stirbt. Das hat uns unser Papa manchmal erzählt, wenn er Muttis Brandwein weggesoffen hat.

Er meinte damit, dass Zuwendung eben doch etwas bringt. Das haben Kim und ich damals auch nicht kapiert. Mutti hat später mal gesagt, dass es bei Papa Schuldgefühle sind. Dann hat er Kim immer ganz fest in den Arm genommen und geheult. Als laufender Meter bist Du da auch überfordert. Mittlerweile, na ja,… Mit ein bisschen Abstand versteht man es. Kim wollte Dir damit sagen, dass Deine Zuwendung eben doch etwas wert ist."

Denny schaute Nancy an, kommentarlos. Ein, zwei Tränen rollten aus den geröteten Augen. Dann knallte ein Glas auf den Tisch.

„So, ein Whisky – zu süß und zu kalt. Und für den Trauerkloß eine Brause, hab ich jetzt mal so gedacht."

Denny nahm die abartig stark sprudelnde Zitronenbrause entgegen. „Kannst Du mal noch 'nen doppelten Korn dazu machen?"

Natalie grinste und zog wieder ab.

Vielleicht hatte diese Erklärung ja wirklich ausgereicht, um in Denny neuen Mut zu wecken. In jedem Fall sorgte der doppelte Korn in der Brause dafür, dass Denny wieder für etwas brannte. Nicht einmal das unheimliche Jaulen, das aus dem Wald drang, irritierte ihn. Trotz der beschissenen Lage konnte Nancy nicht anders, als sich jetzt ein wenig zu freuen. Mit diesem Denny konnte man arbeiten. Jetzt gab es wieder eine Mission. Und mit jedem Drink wurde die ein bisschen klarer. Aus „Ob Kim das schafft?" wurde „Kim schafft das!"; wurde „Yes we can!"; wurde „Wir schaffen das!"

„Hast Du denn schon etwas über den Typen herausgefunden? Wo wir ihn und Kim finden oder wo er studiert hat", fragte Denny zwischen zwei Schlucken Wasser hindurch. Saufen ja, aber womöglich wollte man heute ja noch weiterfahren.

„Nicht ganz. Ich musste die Mails von Kim durchwühlen. Der Typ hat wohl nach Absprache ständig solche 10-Minuten-Mailadressen benutzt. Hab mal Jonas gefragt, ob er damit etwas anfangen kann. Der studiert doch so IT-Zeugs. Aber nee, gar nichts. Aber in der vorvorletzten Mail erwähnte er einen Kontakt, der sich bei ihr melden würde, mit dem Treffpunkt. Und dann hab aber diesen Namen mal checken lassen." Nancy kramte in ihrer Jackentasche und legte Denny einen Zettel auf den Tisch. Denny schaute drauf. Unbeeindruckt.

„Und dieser Typ kennt wohl auch den Alten, hier von der Tankstelle vor Gravenhorst. Der Alte hat mich vor dem Schuppen hier gewarnt und vor dem ganzen Dorf. Der hat so eine scheiß Angst vor dem Dorf hier… egal. Jedenfalls hat er mir auch die Adresse von so 'nem Kiosk gegeben, in dem unser Kandidat arbeitet. Da fahren wir hin, hoffen, dass er gesprächig ist, und kriegen dann raus, wo Kim gerade ist.

Denny grinste etwas, bevor er einen Schluck trank. „Ihr seid krass. Du bist genauso krass wie Kim. Kennst Du diesen Arzt? Hat Kim zu Dir mal was gesagt? Ich hab über die Behandlung ja eh nichts aus ihr herausbekommen."

Nancy zog kräftig an einem Glimmstängel. „Keine Ahnung. Nach dem, was sie mir so erzählt hat, erinnert er mich ein bisschen an Herbert West. Eigenbrötler, pragmatisch, exzentrisch, aber auch irgendwie genial. Typ verrückter Professor eben. Online findet man nichts über ihn. Aber Kim war total überzeugt, als er sie nach ihrem Krankenhausaufenthalt angeschrieben hat."

Denny schaute sich verstohlen um.

„Wenn etwas schief geht und Kim stirbt – dann bringe ich ihn um!"

Nancy schmunzelte.

„Glaube ich nicht. Weil ich ihn zuerst bekomme! So und jetzt lass uns mal bezahlen und abhauen. Ich weiß nicht, wie es Dir geht, aber ich fühle mich, wie bei American Werewolf. Kein Wunder, dass der Alte an der Tanke gesagt hat, man solle sich lieber nicht hierher verirren."

Denny stand unvermittelt auf und packte zusammen. „Ich dachte schon, Du fragst nie. Ich muss mal pissen und ganz ehrlich – hier hab ich Angst, dass ich nicht wiederkomme."

Nancy musste schmunzeln. Das war die andere Seite von Denny. Der Comedian, sozialisiert mit Sitcoms und darauf wartend, dass gleich das Konservenlachen losdonnert. Aber sie verstand schon, was ihre Schwester an ihm fand. „Ich hatte den längeren Anreiseweg. Du bezahlst."

„Als ob Du schon mal irgendwann bezahlt hättest", konterte Denny etwas zu keck.

Unten spülte Natalie ein paar Gläser. Als die zwei Fremden die Treppe runterkamen, schaute sie kurz nach draußen in die Nacht. Nancy und Denny blieben am Tresen stehen. Natalie konzentrierte sich weiter auf die Gläser, während sie mit den beiden sprach. „Die Drinks gehen aufs Haus. Ihr wollt los. Wird Zeit. Wenn ihr vor dem Ortsschild etwas seht, ignoriert es einfach und fahrt weiter. Der Nebel ist fies zu dieser Zeit."

Denny und Nancy verabschiedeten sich. Knapp eine halbe Stunde später fuhren ein blauer Transporter und ein lilafarbener Kleinwagen am Ortsausgangsschild Gravenhorst vorbei. Unbeschadet.

Glück.

KAPITEL III

FACE YOUR DEMONS

♫

Hall of the Mountain King
Apocalyptica
Cult (2000)

Hätte Kim sich und Denny beim Ficken zuschauen und vor allem zuhören müssen, hätte sie vermutlich einen Lachkrampf bekommen. Dennys ‚Aufklärung' fand seinerzeit durch harten Pornokonsum statt. Entsprechend war er ein Klischee, wenn es um Sex ging. Wie lange hatte sie gebraucht, um ihm klarzumachen, dass nicht jedes Vorspiel mit Blasen anfängt, er sich nicht jedes Mal im Dirty Talk versuchen musste und Penetration nicht zwangsläufig mit einem Schuss ins Gesicht enden musste. Eine Krux. Denn eigentlich hatte sie eine devote Ader in sich. Wenn man sich im Alltag mit Verantwortung herumschlagen musste, konnte man sich beim Vögeln doch mal hingeben. Oder auch mal was ‚anderes' versuchen.

Das hier, in diesem Spukhaus, mit dem Strick um ihren Hals, das war etwas anderes. Und trotzdem hätte es für Dritte vermutlich nach irgendetwas ausgesehen, das man auf Portalen als „weird porn" suchen würde. Kim lag rücklings auf dem Tisch, Jeans und Panty bis zu den Knöcheln runtergezogen. Zwischen ihren Schenkeln rackerte sich Denny ab und hielt parallel den Strick auf Spannung, der fest um Kims Hals lag.

Dann passierte es Denny wieder:

„Gefällt Dir das, Süße?"

Reflexartig zog sich Kim kurz am Seil hoch und verpasste Denny eine heftige Ohrfeige.

„Lass die Pornoscheiße. Und konzentrier Dich gefälligst aufs Ficken!"

Keine Antwort. Keine Bewegung mehr. Denny starrte sie an, ausdruckslos. Als hätte Kim ihm mit der Ohrfeige die Seele aus dem Leib gedroschen. Der Strick erschlaffte. Unvermittelt griff Denny zu. Fest. Zu fest. Wie Schraubzwingen krallten sich seine Finger in ihre vernarbten Unterarme. Er drückte sie zurück auf den Tisch. Und dann begann er sie zu FICKEN. Die kurzen, heftigen Stöße brachten den Tisch nicht zum Quietschen – er knarzte. Das Holz ächzte unter der Belastung. Völlig absurd. Das hatte sie nicht erwartet. Manchmal vergaß sie, welche rohe Kraft in ihrem Denny schlummerte. Jetzt gab sie die Kontrolle ab und genoss es. Wohlfühlsex ging anders. Sie spürte schon jetzt ihr Becken, nahm es aber in Kauf. Sie konnte sich nicht daran erinnern, wann sie Denny das letzte Mal so selbstbewusst erlebt hatte. Sie schloss die Augen, legte den Kopf ab und raunte ihm grinsend zu.

„Aber nenn mich bitte nie wieder Süße, okay?"

„ICH NENNE DICH, WIE ICH WILL, DU KRANKE SCHLAMPE!"

Kim schnellte hoch und schaute in eine grotesk entstellte Fratze, die vor ein paar Sekunden noch Dennys Gesicht war. Zwei schwarze, nass glänzende Halbkugeln saßen dort, wo eigentlich seine Augen hätten sein müssen. Sein Mund mit den vollen Lippen war einem breiten Schlund gewichen, voll mit unzähligen dünnen, halbtransparent schimmernden Reißzähnen. Ein zähflüssiges Gemisch aus Speichel, Blut und gelbem Sekret triefte aus dem Maul und durchtränkte ihr Oberteil. Kims Körper erstarrte. Und selbst wenn es anders gewesen wäre, was hätte sie tun sollen? Dennys Hände waren dunkelgrauen, unnatürlich langen Klauen gewichen, deren Krallen so aussahen, als hätte man Obsidian geschliffen und in offene Wunden gerammt. In Kims Ohren rauschte es nur noch. Sie sah an sich herab. Das Monstrum starrte sie an, während die ersten Krallen langsam in ihr Oberschenkelfleisch eindrangen. Als Kim das Blut zwischen den Finger-artigen Fortsätzen hervorquellen sah, schoss es ihr kurz durch den Kopf: Wenn Denny ihre Unterschenkel festhielt, welche kalten, glitschigen Fesseln hielten dann gerade ihre Arme nach hinten? Wie in Zeitlupe überstreckte Kim ihr Genick, um einen Blick hinter sich zu werfen. Zwei monströse Krallen, so wie die von Denny, hielten ihre Arme fest. Ihr kopfüber verdrehter Blick arbeitete sich langsam an den Gliedmaßen entlang, bis sie ins Maul der zweiten Kreatur schaute. Die gleichen schwarzen Murmeln anstelle der Augen, die gleichen spitzen Zähne im Maul, das aufgerissen von Ohr zu Ohr verlief. Kim versuchte die zweite Kreatur in Gänze zu erfassen. Der Schmerz hämmerte in Wellen durch ihren Körper und ließ jeden klaren Blick unmittelbar zerfasern. Aber sie bemerkte eine Ähnlichkeit.

Zu Nancy.

Ihrer Schwester.

Unter einem Krankenhausleibchen zeichneten sich weibliche Rundungen ab. Die Haut war bleich und glänzte, fast als ob es permanent im eigenen Sekret marinierte. Die blonden halblangen Haare waren nur noch zu erahnen. Fettig glänzend klebten sie am Kopf, der seltsam schräg auf den Schultern saß. Die zweite Kreatur beugte sich vor, nur eine handbreit über ihrem Gesicht schwebend. Gelbes Sekret tropfte auf Kims Stirn. Jetzt sah sie auch das blaue Hämatom, das sich rings um den Hals zog. Der Brodem der Kreatur stank nach Aas. Dann begann es zu sprechen. Fast knurrend gurgelten die Laute aus dem Schlund.

„Wie gefällt Dir mein Zimmer… Süße? Ich habe gesehen, was ihr auf meinem Tisch getrieben habt, Du jämmerliches Miststück. Dir hat gefallen, wie er in Dich eingedrungen ist. Vielleicht gefällt Dir, wie er jetzt in Dich eindringt."

Das Nancy-Ding deutete mit dem Kopf an Kims Fußende, zu Denny, der seine Klauen noch immer schraubstockfest an Kims Oberschenkel gekrallt hatte.

„Du magst doch was Langes, Süße. Oder?"

Kim drückte die Augen fest zu. Vielleicht… vielleicht wachte sie gleich in ihrem eigenen Bett wieder auf. Vielleicht brachte Denny ihr Frühstück ans Bett. Vielleicht… nein. Ein stechender Schmerz jagte durch ihren Oberschenkel. Kim öffnete die Augen. Das Szenario blieb unverändert: Sie, in den Fängen grotesk mutierter Untoter. Ed Wood hätte es nicht besser machen können.

„Bleib bei uns, Süße."

Kim schaute zum Denny-Ding. Die Situation war absurd genug. Nun zeigte das Ding einen Daumen hoch. I like. Was für eine Scheiße. Sie hasste diese Social-Media-Scheiße. Und Denny wusste das. Natürlich. Wie an den übrigen Fingerfortsätzen der deformierten Hand wirkte auch der Daumen wie ein Obsidian-Widerhaken. Aber etwas passierte. Unter lautem Knacken fing der Daumen an zu wachsen. Die Haut dehnte sich, riss auf und verschmolz anschließend zu neuem Gewebe. Mit jedem lauten Knacken, schien der Daumen ein Knochenglied mehr auszubilden. Kim schoss die Erinnerung an Fledermaus-Bilder in den Kopf. Bio-Unterricht. 5. Klasse. Die Knochen zwischen den Flughäuten sind eigentlich nur verlängerte Finger. Man, was für eine Scheiße. Warum fiel ihr das jetzt ein und nicht bei der Klausur damals? Weil sie meistens fehlte und anderes zu tun hatte, genau. Straße, Kippen klauen, Eltern verrückt machen. Scheiße!

Kim schaute wieder auf den Daumen. Die Kreatur bewegte die Hand zum Oberschenkel und setzt den tiefschwarzen Daumennagel auf eine blutende Stelle.

„Wurdest Du schon mal so fies gefickt, Süße?"

Damit schob Denny den vielgliedrigen Daumen ins Fleisch.

Kim vergaß den Schmerz, den sie bis dahin erlebt hatte. In ihrem Kopf fing es an zu rauschen, fast als stünde die Schädeldecke vor der Explosion. Als der Daumen begann langsam das Muskelgewebe zu spalten, schoss ein Stechen durch ihre rechte Körperhälfte. Sie konnte nur noch erahnen, wie Denny den Daumen immer tiefer in den Schenkel schob. Sie konnte die Bewegung der einzelnen Glieder unter der straff gespannten Haut ihres Oberschenkels spüren. Von beiden Seiten drangen die Stimmen der Kreaturen im Gleichklang zu ihr durch.

„Bist Du bereit, ihn zu treffen? Er wartet auf Dich."

Dann erreichte der Obsidian ihren Oberschenkelknochen. Durchdrang die Knochenhaut.

Brach das Gewebe entzwei.

Und bohrte sich ins Mark.

Kim setzte mit schmerzverzerrtem Gesicht zu einem Schrei an, schloss die Augen, holte Luft. Der Schmerz musste raus.

Der Schmerz musste raus.

Der Schmerz. Musste. Raus.

Der. Schmerz. Musste. Raus.

Der.

Schmerz.

Musste.

Raus.

Kim schrie.

Nichts.

Kim war alleine. Sie kauerte mit angezogenen Knien vor dem Tisch. Ein Hauch von Karmesin lag in dem Zwielicht, welches dem kleinen Zimmer die Atmosphäre einer verlassenen Lounge gab. Kim traute sich nicht, sich umzuschauen. Die Kreaturen, das Blut, die Schmerzen – alles weg. Konnte sie sich mittlerweile so wenig vertrauen? Eine kleine Ewigkeit verstrich, bevor Kim sich aufrappelte. Jedes Knarzen ließ neue Panik aufkeimen.

Kim schaute durch das Fenster in die Ferne.
Kurz glaubte sie am Waldrand jemanden zu erblicken.
Doch nicht. Nur ein Zwielicht im Schatten.

Für eine Sekunde spielte sie mit dem Gedanken, den kurzen Weg durch das Fenster zu nehmen. Unwahrscheinlich, dass sie mit weniger als einem gebrochenen Rückgrat davongekommen wäre. Nein, der einzige Weg führte zurück durch das Haus. Dann zum Auto. Und mit viel Ausdauer würde sie Dennys Verbleib klären. Sie warf einen letzten Blick in das Zimmer und hielt einen Moment inne. Gähnende Leere. Ihre Schläfen pulsierten. Kopfschmerzen. Leichtes Nasenbluten. Nichts Ungewöhnliches. Kim drehte sich um und ging in Richtung Treppe. Mit festem Griff am Geländer und dem unbedingten Willen, diesen Horror-Fuck-up zu verlassen, bezwang sie die Wendeltreppe Stufe für Stufe. Unten angekommen, erfasste sie den Raum. Wenigstens hier spielte ihr Gedächtnis Kim keinen Streich. Links von der Wendeltreppe der Eingang zur Küche, unmittelbar daneben der Tresen mit dem nach Blut stinkenden Zapfhahn. Rechts von der Wendeltreppe fand sich die doppelte Holzschiebetür. Oh Gott, diese Tür und vor allem dieser furchtbare Tagtraum, in dem Denny von dieser grotesken Gestalt zerhackt wurde. Schon die Erinnerung daran ließ sie zusammenzucken. Nichts wie raus hier. Kim atmete tief durch. Obwohl es sich so anfühlte, als würde jeder Muskel in ihrem Körper vor Anspannung zerreißen, bewegte sich Kim zügig in Richtung Küche. Durch das eingeworfene Fenster sollte sie schnell draußen sein. Mit einer Synapse hoffte sie, dass Denny zwischendurch dümmlich kichernd aus irgendeiner Ecke hervorgesprungen käme und sie ihm für den saudämlichen Gag gepflegt eine ins Maul hauen würde. Die Hoffnung blieb unbegründet. Kurz vor dem Eingang zur Küche stoppte sie. Irgendetwas hielt sie davon ab weiterzugehen. Als hätte jemand die Fäden einer Marionette straffgezogen. Dann drehte sie sich langsam um. Schon aus dem Augenwinkel sah sie, dass die Schiebetür weit geöffnet war. Natürlich konnte Denny Türen öffnen. Natürlich hätte er es auch leise tun können. Natürlich war hier aber nichts. Unnatürlich. Alles in diesem verlorenen Platz war unnatürlich. Warum hatte sie ihrem Bauchgefühl nicht viel früher nachgegeben? Kims Gedanken strudelten in ihrem Kopf, während sie durch die weit geöffnete Tür starrte. Durch die weit geöffnete Tür und in das Nichts dahinter. Sie kniff ihre Augen zusammen. Nein. In dieser Schwärze ließ sich keine Art von Räumlichkeit erahnen. Es wirkte, als hätte jemand an dieser Stelle einfach die Realität ausgeschnitten. Und trotz aller Unwirklichkeit ging von diesem Punkt eine Anziehung aus. Ein Reiz, dem Kim widerstand. Sie ging rückwärts in Richtung Küche, langsam, Schritt für Schritt. Dann traf sie auf einen Widerstand. Weich und eiskalt.

„Du willst uns doch nicht schon wieder verlassen."

Kim fuhr herum und blickte in die zerklüftete Fratze der untoten Nancy. Die grotesk großen schwarzen Augen hatten sie fixiert. Sofort stieg ihr ein Geruch in die Nase: Tod. Eine üble Mischung aus Aas und Desinfektionsmittel. Kim wusste nicht, woher der Reflex kam, aber sie schubste das Monster in die Küche und rannte instinktiv zur Treppe. Die Schiebetür war keine Option. Vielleicht musste sie doch versuchen, aus der oberen Etage durch irgendein Fenster zu fliehen, ohne sich jeden Knochen im Leib zu brechen.

Kim schaffte es nicht mal auf die erste Treppenstufe.

Das Monstrum, das vielleicht mal ihr Boyfriend war, grinste ihr von den oberen Stufen entgegen. Kim ballte die Fäuste. Sie schaute nach rechts zur Küche. Dort stand lauernd Nancy. Wütend, überfordert und verängstigt brüllte Kim in den Raum.

„Was wollt ihr denn von mir?"

Dann drehte sie sich um und wollte am Tresen vorbeirennen. Sie hatte noch nicht das gesamte Erdgeschoss erkundet. Vielleicht konnte sie zumindest Schutz auf der Gästetoilette suchen. An eine Flucht durch die Fenster im Erdgeschoss war nicht zu denken. Massive Rollläden. Aber wenn Kim ganz ehrlich zu sich war, leugnete sie während all dieser Überlegungen lediglich den Umstand, dass Dennys Fratze sie noch immer angrinste. Als sie sich umgedreht hatte, stand das Ungetüm bereits da. Das konnte nicht sein. So wie alles hier. So wie alles in diesem verdammten Alptraum war auch das einfach unmöglich. Denny deutet zur Schiebetür.

„Für Dich gibt es nur einen Weg."

Kim verstand ihren Körper nicht. Schon wieder Nasenbluten. Und Adrenalin. Sie drosch Denny ihre Faust ins Gesicht. Es war, als hätte sie gegen regennasses Mauerwerk geschlagen. Die Kreatur kippte nach hinten um und Kim machte einen weiten Satz über deren Körper. Sie rannte am Tresen vorbei und sah am Ende des Raums eine Tür, auf der sie zwei Piktogramme erahnen konnte. Die Toilette. Dann hämmerte sie Dennys Schlag auf den Dielenboden. Natürlich hatte sie ihn nicht kommen sehen. Das hätte sie auch nicht gekonnt. Das Ding beugte sich wieder über sie, packte sie am Hals und hob sie hoch. Die junge Frau konnte förmlich spüren, wie der Sauerstoff ihren Körper verließ. Ein Schrei erstickte in ihrer Kehle und ließ nur ein Ächzen zurück. Wieder dieser Geruch. Aas und Desinfektionsmittel. Dazu der Geschmack ihres eigenen Blutes, das nun nicht mehr aus der Nase quoll, sondern rückwärts durch die Kehle lief. Eigenbluttherapie. Schwachsinn.

„Dein Platz ist bei ihm."

Mit diesem Satz schleuderte das Monstrum Kim zurück in Richtung Treppe. Kim spürte kurz die Fliehkraft, als sie knapp zehn Meter rücklings durch die Luft sauste. Als ihr geschundener Körper aufprallte, wirbelte Staub auf. Sie wusste nicht, ob ihr Herz noch schlug oder ob ihre Lungen noch pumpten. Sie wusste aber, dass der stechende Schmerz und das laute Knacken ganz bestimmt zu der Rippe gehörten, die beim Aufprall explosionsartig geborsten war.

Als die Luft den Weg zurück in ihre Lungen fand, schrie Kim. Sie weinte die Angst heraus und brüllte in den Äther des Alptraums, der sie gefangen hielt. Und ihr wurde klar, dass alle Antworten, die sie suchte, in der Finsternis dieser Tür warteten.

Unendlich langsam drehte sie ihren Kopf in Richtung Küche.

Nancy, grinsend und lauernd.

Dann drehte Kim unter Schmerzen ihren Kopf in Richtung Treppe.

Denny, grinsend und mit verschränkten Armen.

Kims Blick wanderte zu der Schiebetür.

Und in die Dunkelheit.

KAPITEL IV
HIS NAME IS CANCER

♫

A Warm Place
Nine Inch Nails
The Downward Spiral (1994)

Es war unmöglich den Mief aus der Nase zu bekommen. Schwarzschimmel hatte die Verbundstellen zwischen Wand und Dachschräge nachgezeichnet, wie Outlines in einem laienhaft gezeichneten Comic. Tiefe Kerben mit dicken Splittern zogen sich wie Narbengewebe durch das nackte Holz der Trägerbalken, die mit dunklen Flecken übersät waren, welche sich bei genauerem Hinriechen als geronnenes Blut entlarvt hätten. Die sowieso schon absurd kleinen Fenster waren mit vergilbten Tageszeitungen abgedeckt und ließen kein Licht mehr rein – oder raus. Hätte sich jemand genauer im Raum umgeschaut, wäre diesem jemand in einer dunklen, staubigen und Übelkeit erregend verschimmelten Ecke des Raumes eine kleine Kommode aufgefallen, auf der ein menschlicher Schädel neben einer schmucklosen Kladde und einer fast abgebrannten Kerze lag. Da das Licht der drei eingestaubten Glühbirnen, die unelegant von den Dachbalken hingen, die Ecke nicht erreichte, blieben diese Utensilien unbeachtet. Und selbst wenn, hätte die, im Kontext dieses ansonsten versifften Dachbodens, anachronistisch anmutende Medizintechnik, vermutlich trotzdem mehr Aufmerksamkeit erhalten, inklusive des Menschen, der unter monotonem Piepsen Sauerstoff in den Körper zugeführt bekam. Die Augenringe hatten sich so tief ins Gesicht dieser bemitleidenswerten Kreatur eingefressen, dass man den Eindruck hätte gewinnen können, die Augen seien von unten ausgehöhlt. Durch das vergilbte Plastik der Atemmaske konnte man die ausgetrockneten Lippen erkennen und den Schorf, der sich immer wieder bildete, wenn die Lippen aufrissen und das Blut anschließend trocknete. Ein Innenausstatter hätte die Hautfarbe zielsicher als aschgrau identifiziert. Womöglich war das auch der Grund dafür, dass die blutunterlaufene Einstichstelle der Venenkanüle noch entrückter aussah. Überhaupt wirkte der ausgemergelte Arm so, als hätte die Venenkanüle auf der anderen Seite wieder herauskommen müssen. Der Fingertipp wirkte auf den knöchernen Gliedern wie der Kiefer des großen grünen Plastikkrokodils dieses Kinderspiels, was sofort zuschnappte, wenn man den falschen Zahn drückte. Wie hieß es doch gleich? Nancy ärgerte sich. Den dusseligen Jingle hatte sie noch im Kopf. „Spiel das Spiel mit dem Krokodil – Du bist der…" - na, was? Verrückt, an was man sich erinnert in so einer Situation. Nancy streichelte vorsichtig die Hand ihrer Schwester. Kim sah so zerbrechlich aus. Als könnte jeder Atemzug der letzte sein.

Das hatte Nancy schon einmal miterlebt. In der gemeinsamen Kindheit. Danach war Kim immer die starke große Schwester gewesen; manchmal auch rabiat und fies. Aber oft auch einfach wie eine Bärenmutter, die sich unerbittlich und kompromisslos vor ihr Junges stellt. Dabei war Kim gar nicht so viel älter. Zwei Jahre. Aber als Kind sind zwei Jahre manchmal wie zwei Ewigkeiten. Nancy erinnerte sich daran, wie Kim auf einer Klassenfahrt Herrn Schröder mitten ins Gesicht geschlagen hatte. Nancys und Kims Klassen hatten Ausflüge häufig zusammen gemacht. Das hatte sich so ergeben, unter anderem aus finanziellen Gründen. Auf einer dieser Fahrten hatte sich Nancys Klassenlehrer, Herr Schröder, an sie herangemacht. Kein unangenehmes Schäkern oder peinliches Flirten – er hatte Nancy am letzten Abend vor der Abreise begrabscht; hatte ihr unvermittelt an den Po gefasst. Damals wusste sie gar nicht, was sie machen sollte, fühlte sich völlig ohnmächtig. Auch, weil ihre Mitschülerinnen sonst alle von Herrn Schröder geschwärmt hatten. Dazu hatte er ihr noch ins Ohr geflüstert: „Die anderen würden sich drüber freuen." Nancy war damals versteinert. Kim nicht. Die war unvermittelt vom anderen Ende des Aufenthaltsraums zur provisorischen Bar gestürmt und hatte Herrn Schröder vor versammelter Mannschaft ins Gesicht geschlagen. Keine Ohrfeige oder Schubsen. Ein richtiger Faustschlag. Kim hatte dem notgeilen Wichser mit einem Schlag die Nase gebrochen. Nichts an der Gestalt, die gerade vor Nancy lag, erinnerte noch an das Kraftpaket von damals. Auch nicht ihr Boyfriend, der mit verschränkten Armen und schläfrigem Blick auf der anderen Seite des Bettes saß. Wobei „Bett" schon zu viel behauptet war, „Campingliege" wäre treffender gewesen. Auch Denny hätte zu der Kim von früher nicht gepasst. Kims frühere Lover waren eher scharfgemachte Dobermänner mit Goldketten und Mitgliedsausweis für den Arschlochclub. Nancy fand die schon immer scheiße. Auch weil die meisten gar keinen Hehl daraus machten, dass sie Nancy ebenso nehmen würden, wenn es bei Kim nicht geklappt hätte. Denny war da anders. Denny war wie ein Retriever mit Bandshirt und Drei-Fragezeichen-Detektiv-Ausweis. Aber Denny sammelte generell viel Retro-Kram. Viele Hörspiele auf Vinyl, Erstausgaben von Comicheften, Actionfiguren und so Zeugs. Nancy verstand nie wirklich, was daran so geil sein sollte. Denny erwiderte dann meistens, dass es irgendwann reichen würde, um Kim und sich ein richtig schönes Haus zu kaufen. Dabei guckte er einen immer mit diesen großen Kulleraugen an. Sie wollte ihm dann auch nicht mehr widersprechen. Und tatsächlich wirkte Denny oft planloser, als er wohl eigentlich war. Wenn Nancy sich mit den beiden traf, erzählte Denny immer von einem neuen Job, bei dem er jetzt noch besser verdiene. Aber da wurde es ihm überall einfach schnell zu langweilig. Einmal hatte er als Kellner in einem Restaurant angefangen und wurde nach nur drei Monaten entlassen, weil er dem Küchenchef erklärt hatte, warum die eingelegten Melonenbällchen in Portwein eigentlich Schwachsinn waren, wie man das Parfait besser machen könne und so weiter. Als es bei Kim mit der Krankheit losging, wollte sie Denny wohl in den Wind schießen, weil „ich lieber alleine sterbe". Nancys Schwester war es nicht gewohnt, vor einem Typen Schwäche zu zeigen. Denny ist dann wohl wortlos gegangen und kam dreißig Minuten später mit Vollkornbrötchen und Croissants wieder.

„Wir frühstücken jetzt erstmal."

Kim mochte weder Vollkornbrötchen noch Croissants. Aber den Denny. Nancy erinnerte sich häufig an die Geschichte, weil Kim ihr die manchmal im Halbschlaf erzählte, wenn die Schmerzmittel kickten. Dann durchbrach Denny die Monotonie.

„Wann will er ihr das Zeug verabreichen?"

Nancy schaute auf den Beutel mit der Kochsalzlösung.

„Wenn das Kochsalz durch ist."

Denny hob fragend eine Augenbraue. Nancy wurde unruhig.

„Ach Mensch, keine Ahnung. Irgendwie soll ihr Körper erst das Morphium abbauen. Er hat ihr so viel geben müssen und beides verträgt sie irgendwie nicht."

Denny streichelte über den Arm seiner Freundin.

„Na, aber wenn das Schmerzmittel weg ist, dann wacht sie doch bestimmt auf. Und dann ist das andere Zeug ja noch schlimmer – oder?"

„Mann, Denny, ich hab keine Ahnung! Ich bin kein Arzt! Woher soll ich das wissen? Frag ihn doch einfach selbst!"

Denny drückte sich von seinem Stuhl hoch und kratzte sich am Hinterkopf. Machte er immer, wenn er nervös war.

„Ja ja, ist ja gut. Weiß ich doch auch. Mensch, das ist doch auch scheiße für mich hier. Ich kann mir das doch auch alles nur ausm Netz zusammensuchen. Und hier draußen hat ja keine Sau Empfang. Schon vorm Haus hab ich nur noch einen Balken. Hier drin kommt doch nichts rein oder raus. Da bekomme ich doch auch Beklemmungen. Scheiße hier! Ich versteh nicht, warum Kim nicht einfach die Chemo versucht hat. Das wäre doch zumindest ein Versuch gewesen!"

Nur einen Augenblick später wurde eine Tür geöffnet. Hoffman betrat den Raum. Nancy und Denny schauten beide zu ihm. Eine bullige Gestalt mit militärisch kurzgeschorenen ergrauten Haaren und gleichfarbigem Fünf-Tage-Bart. Eine kleine schwarze Hornbrille rutschte offensichtlich etwas zu schnell von der Nase, denn Hofmann hatte sich angewöhnt, in bestimmten Abständen reflexartig an den Brillenrand zu greifen und das Gestell gegebenenfalls hochzuschieben. In der linken Hand hielt er eine Spritze, die man heutzutage nur noch auf Online-Plattformen gefunden hätte, „Spritzbesteck, alt, retro, Metall". Die große Glasröhre war an beiden Seiten mit Messing eingefasst. In die drei Metallringe passten Finger, um das Gerät möglichst präzise bedienen zu können. Die Kanüle glänzte und funkelte, war aber deutlich länger, als es etwa Denny vom Blutspenden kannte. Das Teil machte den Eindruck, als hätte man damit ganze Viehherden betäuben können. Wichtiger als das Spritzbesteck war aber der Inhalt. Die Glasröhre war vollständig mit einer gelben Flüssigkeit gefüllt. Und nicht nur Nancy wunderte sich beim Anblick, ob sie da nicht ein gewissen Glimmen in diesem Liquid erkannte. Hoffman hielt die Spritze wie ein Messer.

„Eine Chemotherapie würde in Kims Fall nichts bringen. Sie würde ihren Körper noch mehr entkräften und eine Folgebehandlung unmöglich machen. Der besondere Zustand Ihrer Schwester und Ihrer Freundin resultiert aus der Kombination unwahrscheinlichster Anomalien. Kims Gendefekt macht aus der seltenen Art Hirntumor ein garstiges Gewächs, das mittlerweile tief verankert im Hippocampus und Gyrus..."

Denny grätschte dazwischen. Er ertrug es nicht, dass Hoffman diesen Text einfach abspulte.

„Ja, Hoffman, ja, wissen wir. Das haben sie doch vorhin schon erklärt. Sitzt im Stamm... Halluzinationen... Blackouts... und 'ne Operation macht bei den ganzen Metastasen keinen Sinn. Aber 'ne Chemo würde doch erstmal das Gleiche machen, wie der Kram hier – oder nicht?"

Nancy schaute ausnahmslos zu Kim, als sie intervenierte und sich dabei in Gedanken verlor.

„Du warst nicht dabei, als sie die erste Chemo hatte. Das Kotzen, der Haarausfall, die Todesangst jedes Mal, wenn sie umkippte. Gibt Kinder, die das nicht überlebt hätten. Hat auch die Ärztin damals gesagt. Eigentlich hätte sie das gar nicht überleben sollen. Als ihr die Ärztin sagte, dass der Krebs wieder da sei und gestreut hätte, war das Erste, was sie mir..."

– das Satzende rollte mit den Tränen an Nancys Wangen herab.

Weder Hoffman noch Denny unterbrachen die Stille.

„Sie rief mich an, weinte und sagte: ‚Ich kann das nicht nochmal' und dass sie sich lieber umbringen würde."

Denny hielt sich noch einen Moment zurück, tigerte aber durch den kleinen Raum. Hoffman schaute nur auf den Boden. Nancys Worte schienen ihn nicht emotional anzufassen. Aber die Spannungen, die in der Luft lagen, nervten ihn merklich. Denny blieb an einem der Holzbalken stehen und gnibbelte nervös an den offenen Stellen herum. Als sich dabei ein Splitter unter seinen Daumennagel schob, explodierte er.

„Ja, Nancy, das versteh ich ja alles. Ich will auch nur das Beste für Kim. Aber Du kannst mir doch nicht erzählen, dass es für sie angenehmer ist, wenn er ihr in der Pferdemetzgerei hier… also wenn ihr… die Scheiße da in der Spritze ist jetzt besser für sie oder was?"

„Ruhe!" zischte Hoffman aus heiterem Himmel dazwischen. Das „R" grollte dabei so kehlig aus ihm heraus, dass es niemanden verwundert hätte, wenn ihm gleich Fell gewachsen wäre und er danach den Mond angeheult hätte. Hoffman richtete seine Brille und warf einen scharfen Blick zu Denny, dann zu Nancy.

„Ich bitte Sie beide, etwas Rücksicht auf meine Patientin zu nehmen und ihr kindisches Geplänkel draußen fortzusetzen, sollte es denn zwingend nötig sein. Ansonsten unterstützen Sie Kim durch Zuwendung. Reden Sie ruhig mit ihr. Tupfen Sie ihr die Stirn ab. Und um Gottes willen, hören Sie einfach auf meine Anweisungen. Das ist das Beste, was Sie beide jetzt für Kim tun können. Schaffen Sie das – Denny?"

„Ob ich das schaffe?"

Nancy intervenierte sanft: „Denny?"

„Ja, ich schaffe das. Aber schafft das Ihr Mittel auch, Doc?"
Hoffman schaute kurz auf die Injektion, ging drei Schritte nach vorne und setze sich an Kims Bett.

„Reapers ist zuverlässig und sicher. Nur die Verabreichung kann Probleme bereiten. Womöglich muss ich woanders punktieren als ursprünglich gedacht. Aber Kim macht einen deutlich stabileren Eindruck als noch vor ein paar Tagen. Ich bin sicher, dass sie die Prozedur übersteht. Sie ist stark. Eine starke junge Frau. Beste Voraussetzungen."

Nancy bemerkte Hoffmans Blick. Er schaute Kim an. Aber nicht so wie ein Arzt seine Patientin. Anders. Und für einen Moment, womöglich war es nur die schwere Stimmung, glaubte Nancy Melancholie in Hoffmans Blick zu erkennen. Dann hockte sich Denny mit betont ruhigen Bewegungen ans Fußende der Liege.

„Hoffman?"

„Ja?"

„Ihr Medikament, also das da, das gelbe Zeug, das Kim retten soll – das heißt Reapers?"

Nancy rollte innerlich mit den Augen, denn exakt diesen Dialog hatte sie bereits ein paar Stunden zuvor mit Hoffman. Denny hatte es in dieser Zeit an die frische Luft gezogen. Jetzt bereute sie es, Denny nicht informiert zu haben. Sie schaute kurz zu Hoffman; Hoffman schaute kurz zu Nancy. Dann wandte er sich Denny zu.

„Sie denken bei dem Begriff Reaper sicherlich an den Tod. Mit Kapuze und großer Sense. Das Bild, das man etwa von esoterischen Tarotkarten kennt."

Denny kratzte sich etwas verstohlen am Hinterkopf. Hoffman fuhr fort.

„Das, was Sie meinen, wird im Angelsächsischen als Grim Reaper bezeichnet. Der Begriff Reaper ist wörtlich übersetzt das, was hierzulande altmodisch als Schnitter bezeichnet wurde. Es handelt sich um Erntehelfer. Das Motiv des Grim Reapers, des Seelenschnitters, bezieht sich darauf. Er erntet Seelen...“

Hoffman schaute auf die Spritze mit der gelben Flüssigkeit.

„Und dieses Heilmittel hier soll keine Seelen ernten, sondern den Tumor und die Metastasen im Körper ihrer... geliebten Kim. Kennen Sie das Konzept der Madentherapie, Denny?“

Denny schaute kurz zu Nancy; die wiederum zu Kim. Wie er da so stand – angelehnt am Holzbalken, mit verschränkten Armen, einer Hand am Bart – und Hoffman zuhörte, wurde sein Mund immer schmollender, als er Hoffmans Frage nur mit einem angedeuteten Kopfschütteln beantworten konnte.

„Nekrotisches Gewebe...“

Denny schaute ausdruckslos.

„Abgestorbenes Gewebe, beispielsweise bei offenen Wunden, kann eine Sepsis hervorrufen. Der Körper vergiftet sich selbst; der Patient stirbt. Bei einer Madentherapie werden Biopacks – im Prinzip Wundauflagen, die mit Maden gefüllt sind – auf die betroffene Stelle appliziert. Die enthaltenden Maden fressen das nekrotische Gewebe. Wichtig: Sie fressen nur das kranke Gewebe.“

Denny schaute angewidert.

„Meine Reapers funktionieren nach dem gleichen System. Die Organismen fressen die Krebszellen, lassen das gesunde Gewebe aber in Ruhe. Gibt es kein betroffenes Gewebe mehr, beginnen die Reapers damit, sich gegenseitig zu vertilgen. Im Laufe dieses Prozesses setzt sich ein Exemplar durch. Der Proto-Reaper. Dieser wird final den Rest des Stoffes assimiliert haben und verlässt den menschlichen Körper – zusammen mit den Krebszellen."

Während seiner Ausführungen war Hoffman aufgestanden und hatte sich langsam auf Denny zubewegt.

„Denny – dieser Stoff ist mein Alkahest. Die Reapers können auf jede Art von Zellen programmiert werden. Können Sie sich vorstellen, was das für die Medizin bedeutet? Das könnte für die Menschheit etwa so bedeutend sein wie die Erfindung des Rads!"

Denny verschmolz fast mit dem Holzbalken hinter ihm, als er Hoffmans heißen Atem fast auf seinem Gesicht spüren konnte.

Nancy hörte den Ausführungen kaum noch zu, stattdessen schaute sie auf die Sauerstoffanzeige. Fast hundert. Nancy drehte sich zu Hoffman, der sich gerade zwei Schritte von Denny wegbewegt hatte.

„Hoffman, 98 Prozent!"

Mit vier ausfallenden Schritten war Hoffman an Kims Bett. Er tastete nach ihrem Puls. Dann beugte er sich erdrückend nah an Kims Gesicht und beobachtete ihre Atmung. Nancy fiel dabei das Gebaren einer Hyäne ein, die um das Aas herumschleicht. Ruckartig blickte Hoffman zu Nancy und Denny.

„Es ist so weit. Wir können beginnen."

Seit knapp einer halben Stunde war Hoffman damit beschäftigt, den Raum zu verlassen und ihn wieder zu betreten. Auf einem glänzenden Edelstahlbeistelltisch stand eine Nierenschale, in die Hoffman die Spritze mit dem Reapers-Serum gelegt hatte. Nancy war nur beiläufig aufgefallen, dass der Doc ein Frotteetuch unter die Nierenschale gestellt hatte. Laute Geräusche schienen ihn generell aufzuregen. Auch pflegte er beim Betreten oder Verlassen des Raumes mehr zu huschen und zu schleichen. Nancy hatte nicht den Eindruck, dass das bewusst passierte. Diese Art der vorsichtigen Fortbewegung waren Hoffman in Fleisch und Blut übergegangen. Das machte aus seiner Person ein noch größeres Mysterium. Selbstverständlich hatten Nancy und Denny „Hoffman Arzt Krebs" durch alle Suchmaschinen gejagt, ohne Ergebnis. Und auch den Weg zu diesem Grundstück hier hatten sie nur mit einer peinlich genauen Wegbeschreibung, nein, eher nach einer absurden Schnitzeljagd, gefunden. Von ihrem Treffpunkt in Gravenhorst waren sie noch etwa drei Stunden lang über Landstraßen in Richtung der niederländischen Grenze gefahren. Danach mussten sie die Autos stehenlassen, weil nicht mal Nancys Dieselmonster den unerschlossenen Wald hätte bezwingen können. Nancy hatte nur eine SMS bekommen, mit Geodaten und einer Beschreibung. Dort fanden sie eine knorrige Eiche vor, an die ein weißer Kreidestrich gezeichnet war. In einer locker verschütteten Grube lag eine unscheinbare, abgewetzte Metallschachtel, die lediglich einen robusten Kompass und ein kleines Kärtchen enthielt. Mit Kompass und

Wegbeschreibungen à la „300 lange Schritte nach Nord-Ost bis zu Δ" waren Nancy und Denny mehr schlecht als recht durchs Unterholz mäandert. Nancy dachte zunächst, die Auswahl der Kennzeichnungen sei zufällig erfolgt, bis ihr aufgefallen war, dass die Anzahl der Ecken einer Nummerierung entsprach, also Dreieck, Viereck und so weiter. Das Achteck war der letzte Baum gewesen. Von da aus sahen sie ein rotes Licht in der Ferne. „Eine umgebaute Flugverkehrsleuchte", wie ihnen Hoffman beiläufig erklärt hatte.

Das gelbe Serum in der Spritze leuchtete, dessen war sich Nancy nun sicher. Die Reflexionen in der Nierenschale waren untrüglich. Und war es in den letzten Minuten nicht auch stärker geworden? Nancys Gedankengang wurde jäh unterbrochen, als Denny die Stille durchschnitt.
„Nur eine Frage, Doc. Wenn ihnen wirklich die Heilung gegen Krebs gelungen ist. Warum ist das Medikament noch nicht von der Arzneimittelbehörde zugelassen? Warum sitzen wir hier in einer abgelegenen Hütte mitten im Nirgendwo, mit zusammengeklautem Equipment und hygienisch nicht wirklich einwandfreien…"
„Denny – lass gut sein. Echt. Wir müssen das nicht im Minutentakt durchkauen. Kim wollte es so. Er vertraut dem Medikament. Und wir haben keine andere Wahl! Bitte. Ich kann's nicht schon wieder hören."
Hoffman ließ eine Kunstpause, um Nancys Ausbruch nachhallen zu lassen. Dann antwortete er betont beiläufig.

„Es dauert im Schnitt zehn Jahre bevor ein Medikament in Deutschland die Marktreife erlangt hat. Studien, Tests an Tieren, Tests an Menschen – sichere Tests an Menschen. Schikane für die Wissenschaft."

Hoffman starrte ins Leere. Aus Nancys Position sah Hoffman nun aus wie einer dieser manischen Wissenschaftler in den Horrorfilmen der Fünfziger und Sechziger. Ihr Vater hatte ihr und Kim die alten Schinken gezeigt, die des Nächtens im Privatfernsehen versendet wurden. Ihre Mutter fand das nicht gut; ihr Vater entgegnete, dass es das einzig Sinnvolle sei, „im Vergleich zur restlichen Scheiße, die im Fernsehen läuft, meine Liebe." Da gab es immer diesen einen Schauspieler, der so affektiert spielte, den Nancy und Kim gemeinschaftlich auslachten, wenn er wieder die Augen ganz groß machte, und die theatralischen Bewegungen. Aber mit jedem Film zog sie dieser Vincent etwas mehr in seinen Bann. In „Das Schreckenskabinett des Dr. Phibes" sprang der Funke vollends über. Weiß Gott, warum Hoffman Nancy in diesem Moment an Vincent Price erinnerte. Womöglich war es diese altbackene Theatralik, die bei Hoffman immer mal wieder durchbrach. Denny hatte sicherlich nicht den gleichen Gedanken. Stattdessen durchbrach er Hoffmans Ansprache mit einer nachvollziehbaren Frage.

„An wie vielen Personen haben Sie Reapers schon ausprobiert?"

Nancy musste gar nicht mit Worten nachsetzen. Ihr Blick ersetzte jedes große Fragezeichen.

„An dreien. Kim ist Patient Nummer vier."

In einem alten Film hätte wahrscheinlich ein aufgeregtes Streichinstrument die Dramatik betont. Hier aber blieb es für zwei Momente totenstill. Drei Versuche waren nichts. Das waren Testläufe gewesen, aber doch nichts, worauf man Hoffnungen baut. Trotz allem blieb ihnen nichts anderes übrig. Und den einzigen Menschen unnötig zu provozieren, der Kim helfen konnte, erschien Nancy wenig zielführend. Diese eine Frage, die mit Sicherheit auch Denny unter den Nägeln brannte, musste sie trotzdem stellen.

„Wie oft hat es funktioniert?"

Denny sagte nichts, nickte aber leicht und durchbohrte Hoffman mit seinem Blick. Dieser erwiderte mit einem Schweigen. Sein Gesicht hätte auch eine starre Wachsmaske sein können. Lediglich ein tiefes Atmen deutete an, dass noch Leben in diesem Körper steckte. Dann nestelte der Doktor verstohlen an dem Zugang herum, der in Kims Arm steckte.

„Die letzten zwei Durchläufe waren erfolgreich. Die erste Injektion war… Als ich meiner Frau das Serum verabreichte, drängte die Zeit. Die Symptome waren akut. Viel akuter als bei Kim. Als ich mir zumindest sicher war, dass es in der Theorie klappte, zog ich eine Injektion auf und… Ich hatte keine Zeit, um die Dosierung anzupassen, geschweige denn die Formel zu verfeinern. Es gab Probleme mit dem Abbau des Serums. Ihr Körper reagierte zu stark. Die Reaper ernteten zu viel. Sie ernteten zu viel vom Körper."

Hoffman versank kurz im Schweigen und schaute Kim an, dann kurz in die dunkle Ecke mit dem Okkult-Zubehör.

„Kim wird leben."

Nancy und Denny verweilten wort- und regungslos. Allein die Vorstellung, dass Hoffman hatte mit anschauen müssen, wie der Körper seiner Frau womöglich in sich selbst zusammengefallen war, jagte beiden einen Schauer über den Rücken. Niemals wäre Nancy auf die Idee gekommen, dem Doktor die Schulter zu tätscheln, aber in diesem Moment empfand sie aufrichtiges Mitleid für Hoffman.

„Das mit Ihrer Frau, Hoffman... Das tut mir leid. ...tut uns leid."

Hoffman quittierte das Mitleid mit einem Blick ins Leere. Dann stöpselte er die Venenverweilkanüle ab und desinfizierte die Braunüle.

„Wenn Sie Kim helfen wollen, kommen Sie her, halten Sie ihre Hand und hören Sie im Zweifelsfall auf meine Anweisungen."

Wie auf Kommando stand Denny am Fußende der Trage. Nancy saß rechts neben dem Bett und hielt Kims freie Hand. Dann griff der Doktor zur Spritze und setzte sie an. Denny sah, wie Nancy Kims Hand umklammert hielt, und griff instinktiv an die Bettdecke, dort wo er Kims Knöchel vermutete.

„Kim schafft das. Wir sind bei ihr!"

Hoffmans Daumen drückte das Serum in Kims Venen. Wie ein Strudel sickerte die gelbe Heilung in ihre Gefäße.

Nach einer quälend langen Minute zeigte sich eine Reaktion.

Kims Augen zuckten unter ihren Lidern hin und her. Denny

beobachtete die Szenerie stumm und mit aufgerissenen Augen.
Nancy konnte nur das Offensichtliche als Frage formulieren.

„Träumt sie gerade? Ihre Augen… das sieht aus wie…"
Hoffmans Blick verweilte auf Kim, während er Nancy etwas zu nüchtern erklärte, was gerade in Kims Kopf passierte.

„Der Tumor sitzt in der Hirnregion, die für Erinnerungen zuständig sind. Ihr Unterbewusstsein wird wohl Erinnerungen, Personen, Wünsche und Ängste zu einer vermischen Realität produzieren. Auch wenn ich mir etwas anderes für Kim wünsche, bin ich fest davon überzeugt, dass sie gerade mit einer bestialischen Phantasmagorie zu kämpfen hat."

KAPITEL V

THE REAPER

♫
Reel 9
John Carpenter
The Fog – Motion Picture Soundtrack / Expanded Edition (2009)

Es war keine Dunkelheit, in der sich Kim befand. Vielmehr schien sich das Farbspektrum permanent umzuwälzen und hatte sich dabei auf die Abwesenheit von Licht geeinigt. Es war ihr unmöglich, irgendeine Dimension zu erfassen. Als sie die zwei Monstren hinter sich gelassen hatte und durch die Schiebetür getreten war, hätte Kim noch schwören können, der dahinterliegende Saal sähe so aus, wie der große Saal in der Gaststätte, in der sie früher gearbeitet hatte. Der Eindruck zerstob beim Betreten des Raumes. So wie der höllische Schmerz, der von der gebrochenen Rippe durch ihren Körper gestrahlt hatte. Hatte sie sich getäuscht? Hatte sie sich womöglich gar nichts gebrochen, als sie das Monster mehrere Meter durch die Luft geschmissen hatte?

Die Monster!

Kim drehte sich ruckartig um. Leere. Das Gasthaus war leer. Der Tresen stand noch immer verlassen dort hinten an der Verbindungswand zur Küche. Niemand hier. Nur sie. Beiläufig kratzte Kim an der rechten Armbeuge und drehte sich zurück in das Nichts. Je länger sie in das Zwielicht starrte, desto schärfer zeichneten sich einige Konturen ab, zumindest glaubte sie das. Aber was konnte sie in diesem Haus noch glauben? Irgendwo an der gegenüberliegenden Wand glaubte sie Fenster zu erkennen, mit schweren Rollläden davor. Kim ballte die Fäuste und machte einen betont kurzen Schritt nach vorne. Ein Knirschen, ein Widerstand, ein Brechen. Unter ihrem Fuß breitete sich etwas Gelbes aus. Obwohl sich keine andere Farbe in diesem Nichts durchzusetzen schien, erkannte Kim deutlich das zähflüssige Gelb am Boden. Und dieses Gelb schien zu leuchten. So sehr, dass sie nun andere Dinge im Raum erkennen konnte. Zum Beispiel die zahlreichen Blätter an den Wänden und die seltsamen Schriftzeichen, die sich großflächig über die Wände zogen. Kim ging ein paar Schritte weiter und bemerkte nur nebenbei, dass sie leuchtend-gelbe Fußspuren hinterließ. Das war aber auch nicht seltsamer als die Zettelcollage an der Wand. Denn obwohl sie sich mittlerweile auf Armlänge genähert hatte, konnte Kim nicht erkennen, was da geschrieben stand. Sobald sie direkt auf ein Blatt schaute, sah sie nur unscharfe schwarze Linien und Gebilde, während sie gleichzeitig in den angrenzenden Zetteln verschiedene Dokumente zu erkennen glaubte, darunter Patientenakten, Entlassungsschreiben und Antragsformulare. Als sie vor einem

Blatt stand und versuchte es zu berühren, quoll die Tinte aus dem Papier, lief in dicken Bahnen nach oben und bildete einen Zusammenschluss mit einem der ihr unbekannten Zeichen, die überall verteilt waren. Ein Zeichen, das sie auf den ersten Blick an einen Medusen-Kopf erinnerte. Schlangenlinien, die alle in einem Kreis mündeten, in dessen Mitte sich ein Auge befand. Plötzlich kroch ihr der Geruch von Desinfektionsmittel in die Nase und ein metallischer Geschmack legte sich über die Zunge. Übelkeit, Herzrasen.

So wie damals. So wie früher. Nein! Nimm die scheiß Tabletten wieder mit! Ich fresse die Teile nicht mehr!

Stand da nicht etwas am anderen Ende des Nichts? Ein Schatten im Schatten? Mit etwas Langem in der Hand? Kim schaute auf den Boden. Die leuchtend-gelben Fußspuren zeichneten nun nicht mehr ihren Weg nach. Stattdessen liefen die Abdrücke in Richtung des Schattens. Kims Blick folgte der Spur, bis er dort verharrte, wo sie die Gestalt wähnte. Als würden sich Augen falsch herum öffnen, von oben nach unten, glommen zwei gelbe Punkte auf und fixierten Kim. Augen, zweifelsfrei. Aber wenn das die Augen der Gestalt waren, musste das Ungetüm mindestens zwei Meter groß sein. Die Küche! Kim erinnerte sich an die Vision in der Küche. Denny wurde von einer Gestalt zerrissen, mit einer gigantischen Sense. War das wirklich passiert? War in diesem Irrenhaus irgendwas wirklich passiert? Begleitend zu diesem Gedanken entdeckte sie ein gelbes Schimmern, dass sich neben dem vermuteten Kopf der Gestalt durch die Dunkelheit zog und eine merkwürdige verzerrte dreieckige Form nachzeichnete. Fast wie hypnotisiert starrte Kim darauf. Auf dieses pulsierende Schimmern, das so aussah, als hätte jemand ein Echolot angeschaltet. Ein Rhythmus. Monoton. *Kann man das EKG bitte leiser stellen?* Dann wurde ihr klar, was dieses gelbe Echolot nachzeichnete. Ein gigantisches Sensenblatt. Sollte sie versuchen zu fliehen? *Wir kommen da zusammen durch.* Hatte sie nicht schon ein paar Mal versucht zu fliehen? *Halt die Fresse, Du hast diese Scheiße ja auch nicht!* Hatte sie nicht schon immer versucht, davor zu fliehen? *Du weißt doch überhaupt nicht, wer dieser Kerl ist!* Kim ballte die Fäuste; kratzte kurz über ihre Armbeuge. Ein nicht greifbares Gefühl der Euphorie und Panik breitete sich in ihrem Körper aus. Als ob man Wiedersehen und Abschied zusammen feiern würde; Geburtstag und Beerdigung; letzte Hoffnung und Todesurteil. *Ich bin so weit.* Kim brüllte in die Finsternis.

„Na los! Ich bin hier!"

Ein Krächzen dröhnte aus dem Schatten. Simultan dazu leuchteten die Symbole an der Wand in diesem bestimmten Gelbton auf. Kim hielt sich instinktiv die Ohren zu, obwohl es nichts brachte. Sie nahm das Geräusch nicht über die Ohren wahr. Noch einmal. Ein Krächzen. Fast wie ein Vogelkrächzen. Eine Krähe? Noch ein Krächzen und das Leuchten. Und noch eines. Kehlig klang es und nass. So als würde der Vogel in einem feuchten Hohlkörper sitzen und dort aufgeregt krächzen. Tief, kehlig, röhrend. Noch ein Krächzen; länger und gurgelnd. Ein Rabe! Jetzt erkannte Kim es, zumindest irgendwie. *Wusstet ihr zwei, dass Raben Gesichter auch nach Jahren noch wiedererkennen?* Es war ein

Rabe! Begleitend mit diesem Gedanken, löste sich der Schatten vom Schatten. Kim fixierte die Gestalt. Und je länger sie dieses Etwas fixierte, desto schärfer wurden die Umrisse. Ja, es war bestimmt das gleiche Ding, das sie vorhin in der Küche gesehen hatte. Vorhin? Wie viel Zeit war eigentlich vergangen? Verdammt nochmal, hörte dieses scheiß Jucken am Arm denn nie auf? Die Gestalt begann wieder zu zerfasern. *Nicht einschlafen, Schwesterherz. Bleib bei mir, bitte.* Fokus! Sie konzentrierte sich wieder auf die Gestalt. Konturen schälten sich aus der Unschärfe; dunkler, unwirklich wabernder Rauch manifestierte sich. Als erstes die Sense. Diese riesige Sense, die die Gestalt, die sie hielt, um mindestens eine Kopflänge überragte. Das Blatt tiefschwarz, aber mit einem gelben Schimmer, das aus dem Blatt kam. Darunter der Sensenring, der auf den ersten Blick gar keine Verbundstellen zur Sense zeigte. Vielmehr glänzte er, als sei er mit dem Sensenblatt und dem Stiel organisch verwachsen. Dieser Stiel. Das war doch kein schwarzes Holz. Diese Formen. Das waren Knochenhände und Tentakel, die ineinandergriffen. Und bewegten sich diese tentakeligen Fortsätze nicht sogar? Kim fragte sich nur kurz mit einer Randnotiz, wie sie die Sense so detailliert betrachten konnte, obwohl sie... Wie weit stand die Kreatur eigentlich von ihr entfernt? Fünfzehn Meter oder fünf? Oder fünfzig Zentimeter? Sie konnte in diesem Moment gar keine Entfernungen mehr einordnen. Dann wanderte ihr Blick zum Kopf der Gestalt, der von der Kapuze einer langen schwarzen Robe bedeckt wurde. Obwohl „Robe" ein Euphemismus gewesen wäre. Das war keine Stoffrobe. Was da am Körper der Gestalt herunterhing, war eindeutig aus dem Körper eines anderen Lebewesens gefertigt. Ein schuppiges Lebewesen, aus dessen Haut vereinzelt Federn wuchsen. Die Robe glänzte. Und tropfte da am unteren Saum nicht auch noch Blut raus? Zu dieser Erscheinung passte auch der Kopf der Gestalt. Auf dessen Schultern saß der übermenschlich große Schädel eines Raben, inklusive eines knöchernen Schnabels und vereinzelten blutigen Fleischfetzen. Dort, wo eigentlich die Augenhöhlen hätten sein müssen, glänzten zwei riesige tiefschwarze Kugeln, in deren unendlicher Leere jeweils ein gelbes Licht als Pupille flirrte. Wobei auch das eigentlich zu irdisch gedacht war und zu menschlich. Vielmehr schienen die gelben Irrlichter irgendwo in der Unendlichkeit herumzuwabern, womöglich seit Äonen. Die schwarzen Augen *Ich nenne es Reapers; mein Opus Magnum.* dieses Reapers dienten womöglich als Tor in diese Unendlichkeit und zeigten eher zufällig auf die gelben Lichter. Kim verlor sich in ihren Gedanken. Die Symbole an der Wand fingen an zu pulsieren, herzschlagartig. Im gleichen Moment juckte es wieder in der Armbeuge. Am liebsten hätte sie ihn abgerissen. Kims Gedankenspirale riss ab, als der Reaper einen Schritt nach vorne machte. Dabei fiel ihr auf, dass seine Schritte keine Geräusche verursachten. Wohl aber das Sensenblatt, welches schwer auf den Boden krachte und dabei Staub aufwirbelte. Der Reaper hielt die Sense an einem Griff fest. Schritt für Schritt bewegte er sich auf Kim zu. Die Klinge hinterließ tiefe Kerben im Boden. Kerben, aus denen unmittelbar eine dunkle Flüssigkeit quoll. Ein Treffer mit dieser Parodie eines Erntewerkzeugs würde ihren Leib zerfetzen, kein Zweifel. Diese Sense hatte schon Dinge zerrissen und zerschnitten, die mit irdischen Maßstäben nicht erfassbar waren. Dinge, die in dem Schatten darauf warteten, das Licht zu fressen. Unlebewesen, die nicht sein durften. Unmöglich, dass Kims Leib dem etwas entgegensetzen konnte.

Der Reaper öffnete sein Maul und entfesselte einen krächzenden Urschrei, dessen Wucht Risse in die Wände trieb. Dann sauste die Sense auf Kim zu.

Das Sensenblatt steckte bis zum Anschlag im Boden. Gelbes Sekret quoll aus dem Krater und Risse klafften wie kleine Sonnenstrahlen vom Zentrum weg. Der Reaper rührte sich nicht. Lediglich der Kopf drehte sich ein Stück in Richtung Kim, die in einer Sprungweite entfernt rücklings am Boden lag und mit weit aufgerissenen Augen die Szenerie beobachtete. Im Augenwinkel fiel ihr ein Kuriosum ins Blickfeld. Ein Besen. *Machst'e das mal schnell weg, Kim?* Kein Teil wie aus der Werbung, sondern ein klobiger großer Holzbesen, mit dem sie in der Kneipe immer kaputte Flaschen, Kotzestückchen und Glasbruch zusammengeschoben hatte. Wie kam so ein Teil in diese absurde Szenerie? Eigentlich egal, denn außer diesem Teil gab es buchstäblich nichts, was sie als Waffe hätte benutzen können. Kim stand auf. Zeitgleich zog der Reaper die Sense aus dem Boden. Instinktiv drehte er seinen Kopf zu dem Besen. Kim, der Reaper und der Besen bildeten die Eckpunkte für ein geradezu lächerlich symmetrisches Dreieck. So viel Hoffnung hatte sie noch nie in einen Besen gelegt. Aber schon die Aussicht darauf, nicht mit leeren Händen dazustehen und diesem Monstrum irgendetwas in den verfickten Totenschädel zu rammen, ließ Kims Blut kochen und setzte Kraftreserven frei. Im Bruchteil einer Sekunde passierte jetzt so viel in ihrem Körper. Adrenalin strömte ins Blut. Die Bronchien weiteten sich. Der Blutdruck stieg explosionsartig an. Ihre Wadenmuskulatur arbeitete wie eine präzise Maschine. Dann schoss Kim nach vorne. Gleichzeitig flirrte das Sensenblatt wieder auf Kim zu, rauschte aber an ihr vorbei und hämmerte stattdessen in das Mauerwerk der Wand. Als Kims Hände den Besenstiel zu fassen bekamen, war es ihr unmöglich sich noch abzubremsen. Sie krachte mit voller Geschwindigkeit in die Ecke des Raumes. Der Aufprall trieb ihr die Luft aus den Lungen. Aber verdammte Scheiße, jetzt hielt sie diesen verfickt nochmal geilen Besen in den Händen! Und dort, wo eben noch der Besen gestanden hatte, steckte nun die Sense in der Wand. Ein neuer Krater, mit blutenden Rissen. Und wieder stand die Kreatur still, drehte aber den Schädel langsam zu Kim. Ohne den Reaper aus dem Blick zu verlieren, stemmte sie sich hoch. Als ob es das verfluchte Excalibur selbst gewesen wäre, lag der Besen in Kims Händen, bereit für den nächsten Angriff. Der blieb aus. Stattdessen zog der Reaper die Sense wieder zu sich. Als er seinen linken Arm hob und seine Hand nach ihr ausstreckte, sorgte der leicht nach oben gerutschte Ärmel der Kutte dafür, dass Kim die Klaue des Reapers das erste Mal sah. Angesichts des Sensenmann-Motivs hatte sie eine Knochenhand erwartet. Was sie hier sah, war schlimmer. Am Ende einer schwarztumorigen Tentakelmasse schloss eine grotesk verlängerte Klaue mit abnorm langen schwarzen Krallen an. Wie konnte er so überhaupt die Sense halten? Kim schaute auf die entsprechende Seite. Gar nicht. Er hielt die Sense gar nicht. Sie stand neben ihm, so nah an der Kutte, dass sie diesen Umstand vorhin gar nicht wahrgenommen hatte. Nur der Handteller seiner rechten Klaue lag etwas am Sensenstiel an. Aber die Waffe selbst schien alleine zu stehen. Diese Detailsuche war aufschlussreich, lenkte Kim aber von etwas Wichtigem ab: seinem nächsten Zug. Ein Krächzen. An der Wand hinter ihm, irgendwo im Dunkeln, blitzte es kurz auf. Dann sauste etwas auf Kim zu. Sie konnte nur noch versuchen auszuweichen, spürte aber den Ruck, als der schwarze Stahl durch ihre Schulter drang, Knochen und Sehnen zerfetzte und sie an die Mauer heftete. Einen Moment der Benommenheit später schaute sie auf ihre linke Schulter, aus der eine schwarze Kette hervorlugte, die straff gespannt am Reaper vorbei bis in die Dunkelheit verlief. Sie war buchstäblich aus dem Nichts gekommen. Als Kim die ebenso schwarze Speerspitze sah, die den Weg durch ihre Schulter gefunden hatte und nun tief im Mauerwerk steckte, setzte auch der Schmerz ein. Keine Schockstarre diesmal. Nur Schmerz. Schwer pumpte sie ihren Atem durch die zusammengebissenen Zähne. Sie fasste die Kette an und zog daran. Vergeblich. Natürlich bewegte sich diese Kette kein Stück. Selbst wenn sie die Schmerzen in Kauf genommen hätte, um die Kette aus ihrem Körper zu ziehen, wäre das Unterfangen zwecklos gewesen. An der Eintrittswunde war ihr Oberteil schon klamm vom eigenen Blut. Sie drehte den Kopf nach links, um die Austrittswunde zu checken. Kleine Fetzen ihres Körperinneren klebten an der Speerspitze. Sicherlich Knochensplitter und Muskelfasern. Fuck! Und die Schmerzen. Mit der Kette in der Schulter reichte schon ein Kopfdrehen, um die Tränen in die Augen zu treiben. Das allein wäre beschissen genug gewesen. Als sie registrierte, dass der Reaper sich nun wieder, wenngleich auch langsam, auf sie zubewegte, kickte die Todesangst. War diese ganze Scheiße jetzt schon vorbei? Jetzt, wo sie den Besen hatte? Jetzt, wo sie gerade angefangen hatte? Nein, no way, auf keinen Fall!

„Du scheiß dämliche Fickfresse, mehr hast Du nicht drauf? Nur diese verfickten Partytricks, Du Clown?"

Der Reaper bewegte sich weiter. Das Sensenblatt krachte auf den Boden. Dieses Mal wäre es ihr Ende. Noch einmal griff Kim an die Kette und versucht die Spitze zu entfernen. Nichts. Währenddessen riss das Sensenblatt wieder Furchen in den Boden, als sich das Monstrum ihr unaufhaltsam näherte. Kim schaute auf die Wunde. Die Kette hatte den Schulterknochen durchbohrt; relativ weit oben.

Ein Blick zum Reaper und der Sense.

Ein Blick zum Besen.

Kim drückte sich mit aller Kraft nach unten.

Zunächst hielt sie dabei den Besen mit beiden Händen fest umklammert. Als sie ihren Körper mit aller Gewalt weiter nach unten presste und die Kette den Rest des Schulterknochens langsam durch die Haut drückte, erschlaffte ihr linker Arm zunehmend. Speichel tropfte und Kims leerer Blick irrte irgendwo in der Vergangenheit umher. *Siehst Du, deshalb bin ich die große Schwester, weil ich bei einem Splitter nicht sofort heule!* Dann schaute sie auf die Wunde. Ihre Schulter war zu einem grotesken Hügel mutiert. Kim ließ den Besen kurz fallen, griff mit der Rechten an den linken Ärmel und riss den bluttriefenden Fetzen ab. Er klatschte auf den Boden. Nun lag die Wunde frei. Kim starrte das Gebilde an. An der Stelle, wo der Schulterknochen nach oben drückte, sah die Haut aus wie ein zu stark ausgerollter

Pizzateig, fast durchsichtig. Das reichte aber alles noch nicht aus. Nur Schmerzen, kein Ergebnis. Kurzerhand griff Kim zu dem abgerissenen Textilfetzen und drückte sich das Teil in den Mund. Ein Staub-Blut-Gemisch rann ihr die Kehle hinab. Egal. Sie biss zu und drückte sich mit dem störrischen Überlebenswillen eines angeschossenen Bären nach unten. Es fühlte sich an, als wollte ihr Skelett den Körper verlassen. Ein erlösendes Krachen. Der Schulterknochen zerbarst. Der Blick zum Reaper setze mehr Kraft frei. Er war noch zwei Sensenlängen entfernt. Kim zog weiter. Als ob sich gerade zwei Gebirge durch die Erdoberfläche schieben würden, durchdrangen die Spitzen des Schulterknochens die Haut. Die Kette kam zum Vorschein. Auf ihr lag eine Art Faden. Das registrierte Kim kaum noch, wohl aber, dass ihr linker Arm vollends erschlaffte, als dieser blutige Faden unter einem Peitschenknall zerriss. Das Blut lief in Kaskaden den Oberkörper hinab. Ein erlösender Ruck. Sie war frei. Mit der Rechten griff sie zum Besen und stemmte sich daran hoch. Ihren linken Arm spürte sie nicht mehr, er baumelte leblos herab. Sie schaute den Reaper an und ging einen Schritt auf ihn zu, ihren Besen so im Anschlag wie der Reaper seine Sense.

Das Monstrum krächzte und schlug zu.

Kim schrie und tat es ihm gleich.

Sie wusste nicht, was sie erwartet hatte, vielleicht ein Wunder. In einem gelben Flirren trennte die Sense den Besenkopf vom Stiel und schnitt eine saubere Scheibe von Kims Schulter ab.

Nass klatschte das Fleisch auf den Boden. Mit dem eingekürzten Besenstiel in der Hand flüchtete Kim in die gegenüberliegende Ecke. Die Ecke, in der eigentlich die Kette münden sollte, die ihren Körper so gequält hatte. Die Kette verlief zwar noch durch den Raum, aber es war genauso unmöglich sich ihr zu nähern, wie es unmöglich war, sich einem Regenbogen zu nähern. Eines sah Kim aber ganz deutlich: die Zettel und die gelb leuchtenden Symbole. Kims Herz raste. Der Blutverlust machte ihr zu schaffen. Eigentlich hätte sie tot sein sollen. In der entfernten Ecke des Raumes drehte sich der Reaper langsam um und zog die Sense zu sich heran. Die gelben Punkte in seinen Augen schienen heller zu werden. Wie konnte sie die Blutung stoppen? Wenigstens irgendwas draufdrücken. Papier hatte nicht unbedingt die besten Absorptionseigenschaften, ansonsten hätte sie es mit den Blättern an der Wand... Kim verharrte. Aber galten hier die üblichen Regeln? Sie riss einen Zettel von der Mauer. Kurz glaubte sie, darauf ein Dokument aus ihrer Kindheit wiederzuerkennen: das Entlassungsschreiben nach ihrem ersten Krankenhausaufenthalt. Aber wie schon beim Betreten des Raumes, verschwamm die Schrift, sobald Kim versuchte, sie direkt anzuschauen. Aber das Papier fühlte sich nicht wie das Kopierpapier an, das sie kannte. Die Textur war ganz anders. Nicht weicher, aber mit dem TV-Halbwissen, das sie hatte, kam ihr das Wort „Papyrus" in den Sinn. Ihre Gedanken wurden durch ein lautes Krachen unterbrochen. Und noch eines. Kim schaute zum Reaper. Die Sense stand wieder neben ihm. Er ließ sie aber wie den Taktstock eines Tambourmajors auf den Boden krachen. Kim wusste nicht, was das bedeutete. Aber sie wusste, dass dieses Blatt Papier in ihrer Rechten kein normales Papier war. Sie legte es vorsichtig auf die offene Schulterwunde. Augenblicklich begann das Blatt zu knistern, so als hätte es jemand ins Feuer geworfen. Egal was jetzt passierte, es konnte nicht schlimmer sein, als von der Sense zerteilt zu werden. Das Papier warf Blasen und schrumpelte allmählich zusammen. Als es die Hälfte seiner ursprünglichen Größe angenommen hatte, spürte Kim allmählich die Hitze in der Wunde aufsteigen. Es wurde warm, wärmer, heiß und schließlich brannte die Scheiße, als ob jemand flüssiges Gold in den Fleischkrater gegossen hätte. Tatsächlich verflüssigte sich das Blatt, änderte dabei seine Farbe langsam zum Gelb der Symbole an der Wand und sickerte in die Schulterwunde. Aber es versiegte nicht nur, die Flüssigkeit füllte die Lücken aus. Das Brennen wurde unerträglich, das Brennen in der Schulter…

…im Oberarm…

…im Ellenbogen…

…im Unterarm…

…in der Hand.

Als Kim bemerkte, dass das Gefühl in ihren linken Arm zurückgekehrt war, krachte es erneut. Der Rhythmus wurde schneller. Kim checkte die Wunde. Die herausgebrochenen Knochenspitzen wurden schwarz und zerstoben. Die gelbe Flüssigkeit hatte das fehlende Schultergewebe gut erkennbar ersetzt und pulsierte im Rhythmus ihres Herzschlags. *Sie müssen mir vertrauen, Kim. Die Behandlung wird funktionieren.* Kim schaute auf die restlichen Blätter an der Wand. Die Sense hämmerte nun einen ähnlich zügigen Takt wie die Trommeln auf antiken Sklavengaleeren. Dann ließ der Reaper sein Krächzen auf Kim los. Schockwellen zerklüfteten den Boden und ließen die Wände zittern. Noch einmal. Kim bemerkte, wie sich nach der zweiten Schockwelle ein Zettel von der Wand gelöst hatte und zu Staub zerfallen war. Trotzdem hatte sie kaum Zeit, um Rückschlüsse zu ziehen. Der Reaper hob seine linke Hand und zeigte wieder auf sie. Hinter ihm ein Blitzen, dann sauste eine weitere Kette auf Kim zu. Kein Ruck diesmal. Die Kettenspitze steckte in der Mauer und hatte auf dem Weg ein Stück des Stiels weggerissen, Kim jedoch hatte sie verfehlt. Mit großen Schritten rannte sie zu einem weiteren Blatt, das aus dem Augenwinkel aussah wie das Schreiben, auf dem damals ihre Diagnose gestanden hatte. *Wir tun, was wir können, um Kim möglichst lange auf ihrem Weg zu unterstützen.* Kurzentschlossen stach sie mit dem abgebrochenen Ende in das Blatt. Kim verschwendete keinen Gedanken daran, dass es unmöglich sein sollte, mit dem Stock durch das Papier und die dahinterliegende Mauer zu stechen – sie tat es einfach. Das Blatt knisterte, verflüssigte sich und legte sich über die abgebrochene Stockspitze. Anders als bei Kims Schulter ergänzte die gelb leuchtende Flüssigkeit das Material nicht, sondern ummantelte es. Parallel dazu ging das rhythmische Krachen weiter. Der Reaper würde doch nicht einfach abwarten, bis der Prozess abgeschlossen wäre? Nein. Kim sah ein gelbes Schimmern, hörte das Surren. Eine weitere

Kette sauste an ihr vorbei. Nein, eigentlich nicht vorbei. Als das Blut aus der Wange quoll, merkte sie, wie knapp es eigentlich war. Die Kette krachte in die Mauer und hatte diesmal gezielt ein anderes Blatt durchbohrt, das nun ebenfalls gelblich schimmernd zerstob. Kim griff zu ihrem Stock. Die gelbe Flüssigkeit härtete zu einer obsidianschwarzen Legierung aus, die dieses spezielle Glimmen mitbrachte. Was Kim jetzt in der Hand hielt, war eine kurze Lanze, deren ursprüngliche Bruchstelle nun als Speerspitze fungierte.

Eine Waffe.

Als Kim das realisierte, endete das rhythmische Schlagen. Das gelbe Glimmen in den Augen des Reapers hatte merklich zugenommen. Er holte zu einem neuen Schlag mit der Sense aus. Wenn nicht jetzt, wann dann? Kim hielt die Waffe wie einen Pflock und rannte auf den Reaper zu. Zwei Sensenlängen entfernt entfesselte der Reaper ein Krächzen, so stark und mächtig, dass es Kim nicht nur stoppte, sondern zurückwarf. Die Symbole an der Wand pulsierten stärker, das Gelb wurde heller, dafür verschwommen die übrigen Texturen. Der Raum wurde noch schwerer zu begreifen. Als sie kurz nach oben schaute, konnte Kim die Decke nicht erkennen. Stattdessen schaute sie in etwas, das in sie zurückschaute. Nicht mit Augen, sondern mit Sinnen, die außerhalb des menschlichen Spektrums lagen. Dort in der unendlichen Leere entdeckte sie Zeichen und Formen, die sie nicht kannte und die vielleicht kein Mensch kannte oder je kennen würde. Dagegen war dieses

Monstrum greifbar. Es hatte eine Gestalt und sie war sicher, dass der Reaper auch bluten konnte. Anstatt wieder direkt auf ihn zuzulaufen, umkreiste sie die Kreatur nun spiralförmig, den Speer fest umklammert. Der Reaper quittierte den Widerstand seines Opfers mit weiteren Ketten, die aus dem Nichts hinter Kims Schritten in den Boden jagten. Als Kim nah genug dran war, sprang sie unvermittelt auf den Reaper zu und zielte mit der Spitze ihrer Waffe auf den Schädel des Monsters.

Hochmut kommt vor dem Fall, Kim, merk Dir das.

Kim baumelte in der Luft. Die kalte Klaue schnürte ihr die Luft ab. Mit einem gezielten Griff hatte der Reaper sie aus der Luft gefischt, mitten im Sprung. Was hatte sie auch gedacht? Etwa, dass sie den Zirkus hier verstanden hatte? Mit der linken Klaue fest an ihrer Kehle zog das Monster sie vor seinen Schädel. Sie spürte einen kalten Hauch, der nach Verwesung stank, auf ihrem Gesicht. So nah an dem Schädel bemerkte sie auch erst die einzelnen Fleischfetzen, die den Eindruck vermittelten, als sei der Verwesungsprozess noch gar nicht richtig abgeschlossen. Vielleicht war es ihre Krankheit oder der Blutdruck, aber als die Hoffnung ihren Geist verließ, setzte das Nasenbluten wieder ein. Die schwarzen Kugeln in den Augenhöhlen des Reapers waren wirklich keine Augen. Kim war sich sicher, dass sie hätte hindurchgreifen können und am anderen Ende einer ihr unbekannten Sphäre etwas ertastet hätte. Und dort, in dieser Sphäre, warteten diese gelben Lichter, die sie anfangs als Pupillen missinterpretierte. Mit ihrer linken Hand griff sie an die Klaue, die sie hielt. Unnütz. Sie spürte knorpeliges, zähes und offenes Fleisch. So hatte sie sich immer „Krebs" vorgestellt. Ein paar Atemzüge blieben ihr noch.

„Warum hast Du so lange gewartet? Warum erst jetzt?"

Das Monster schaut sie weiter stumm an. Kim brachte kaum mehr als ein Röcheln hervor.

„Du hast Angst vor mir. Das ist es. Du hast Angst."

Der Druck an ihrer Kehle wurde stärker. Auch das Nasenbluten. Ein Tropfen fiel auf die Klaue, die ihr gerade die Luft abschnürte. Ein gelber Tropfen.

Das war doch nicht ihr Blut?

War das ihr Blut? Ein Zischen.

Dort wo der Tropfen die Klaue berührt hatte, ätzte er sich in das tumorige Fleisch. Ein schrilles Krächzen. Schmerzen? Kim nutzte die Gelegenheit und riss ihren Stock hoch. Um zuzustechen war die Distanz zu kurz, aber für einen kräftigen Hieb reichte es. Sie drosch den schwarzen Stahl ihrer Waffe gegen den Schädel des Reapers. Der Griff lockerte sich nur ein bisschen, aber der kurze Moment reichte aus, um den Speer weiter unten zu greifen und die Spitze mit aller Gewalt durch den Unterarm der Gestalt zu stoßen. Unter einem gurgelnden Krächzen löste sich der Griff. Kim landete auf ihren Füßen.

Eine Chance.

Wegrennen.

Neu aufstellen.

Mit aller Kraft drückte sie sich vom Boden weg. Jeder Schritt musste eine Ewigkeit überwinden.

Eins.

Zwei.

Drei.

Kim spürte einen Lufthauch. Dann blieb sie plötzlich stehen, realisierte aber nicht weshalb. Ihr wurde kalt, urplötzlich. Es fiel ihr schwer zu atmen. Tränen. Die Lungen pumpten ins Leere. Ihr Blick wanderte unendlich langsam an sich hinab. Sie verstand nicht, was sie da sah. Aus ihrem Bauch guckte etwas Glänzendes. Das Sensenblatt. Es war mit gelbem Blut bedeckt. Dampf drang aus der Wunde. Ruckartig verließ die Sense ihren Körper. Eine Mischung aus Blut und Galle quoll zwischen ihren Lippen hervor. Sie sah nicht, was hinter ihr passierte, aber sie spürte die Anwesenheit des Reapers. Dann wurde ihr etwas um den Hals gelegt. Obwohl ihre Finger bereits anfingen taub zu werden, erkannte sie die Beschaffenheit und die Oberfläche. Der Reaper hatte ihr einen Strick um den Hals gelegt. Das war die Grenze. Sie hatte es versucht, doch nun zerrte die Schwärze an Kim. Diese Schwärze drückte sie auf die Knie. Nur einen Moment später zog sich der Strick zu und Kim wurde nach hinten gerissen. Sie hoffte, gleich das Bewusstsein zu verlieren. Bis dahin war sie verdammt zu spüren, wie sie der Reaper über den Boden schleifte. Dabei hinterließ sie eine dicke gelbe Blutspur. Zwischen der Galle und dem Blut und mit Augen, die mehr zu als offen waren, stellte Kim die Frage mehr sich selbst als der Kreatur.

„Hast Du wirklich gedacht, es könnte klappen?"

Dann sah Kim, wie sie den Raum von eben verließen. Sie wurde durch die Schiebetür gezogen. Aber statt des Gasthauses lauerte hier nur die nächste Leere. Der Reaper ließ sie los. Kim sank zurück und hörte, wie sich die Tür schloss. Aus Ohren, Augen und Nasenlöchern blutete sich Kim leer, das spürte sie. Es war okay. Sie hatte alles gegeben. Jetzt war es okay.

Kim starrte in die Dunkelheit.
Dann wurde Dunkelheit zu Licht.

KAPITEL VII

CHARGE

♫
Dead V
Nightcall
V (2019)

Blut.

Es war weder Nancy noch Denny möglich, die Ruhe zu behalten. Kims Körper zuckte unkontrolliert. Denny erinnerte die Szenerie unweigerlich an Bilder aus „Der Exorzist". Linda Blairs Reagan hatte einen tapferen Box-Priester und Max von Sydow an ihrer besessenen Seite. Kim musste mit einem enigmatischen Doktor, ihrem Freund und ihrer Schwester auskommen. Das Zittern und Zucken ihres geschundenen Körpers brachten das Feldbett nicht nur zum Wackeln, es löste Vibrationen aus, die die umliegenden Instrumente und loses Zubehör zum Klappern brachte. Nancy versucht ihr Glück an Kims linker Seite, wo sie bedenkenlos Kims Schulter und Arm festhalten konnte. Welche Kräfte ihre sedierte Schwester noch freisetzen konnte, hatte Nancy zu Beginn des Anfalls zu spüren bekommen. Kims Schlag würde sie lange nicht vergessen; die geschwollene Stelle am Unterkiefer war eine Lehre gewesen. Denny stand sowieso schon am Fußende und konnte seine Kraft nun voll und ganz darauf verwenden, Kims Füße nach unten zu drücken. Mit Hoffman hingegen wollte in diesem Moment niemand tauschen. Was in dessen Kopf vorging, konnte Nancy sowieso nicht oder nur im Ansatz erahnen, aber die besorgten Blicke, bevor er Kim zu Beginn des Anfalls die Kanüle aus dem Arm gerissen hatte, sprachen Bände. Sturzbachartig war das Blut auf den Boden geflossen. Gerissen – Hoffman hatte die Kanüle nicht hektisch aus dem Arm gezogen, sondern gerissen und die Haut entlang der Injektionsnadel wie Pergament geteilt. Denny hatte geglaubt, in dem frischen Blut ein gelbes Schimmern erkannt zu haben, sich in der Aufregung jedoch verkniffen, seine Gedanken laut auszusprechen. Selbst als der Anfall abflaute, bot Kim noch ein gespenstisches Bild. Die Augenlider zuckten unkontrolliert und ließen immer häufiger das Weiße durchblitzen. Durch die Frequenz, mit der Kims Lider sich öffneten und schlossen, wirkte es so, als würde man die Augäpfel durch einen Stummfilm-Videofilter betrachten. Und mit jeder Sekunde wurden die roten Äderchen im Weiß der Augen sichtbarer. Denny stand die Überforderung ins Gesicht geschrieben, Nancy versuchte einfach das Richtige zu tun und hoffe, dass sich Kim nicht selbst verletzte.

Plötzlich klappten die Lider hoch, während Kims Augäpfel so weit nach oben krampften, dass Nancy just in diesem Moment in zwei rotgeäderte glitschige Golfbälle schaute. Mit diesem Anblick, der sich in ihr Unterbewusstsein grub, konnte sie sich gut vorstellen, wie im Mittelalter Geschichten von Besessenheit und Hexerei entstanden waren. Als Kim sich mit der steten und unaufhaltsamen Gewalt einer hydraulischen Fabrikanlage aufbäumte – keiner der drei konnte sie in diesem Moment niederdrücken – platzte es aus dem besorgten Denny heraus.

„Hoffman, jetzt machen Sie doch was, mensch!"

Ein groteskes Bild: Kim hat mit ihrem Körper eine stabile Brücke gebaut; die Atmung kaum hörbar; die Augen hochgerollt; Nancy in voller Verzweiflung daneben, mit den Händen auf Kims Bauch; Denny die Hände noch immer an den Füßen. Eine „Brücke". Nancy rutschte gedanklich kurz in die Schulzeit. Sie war eine perfekte Turnerin gewesen und konnte auf Kommando eine „Brücke" bauen, auch auf dem Schwebebalken. Kim hatte sich während des Sportunterrichts immer rausgeschlichen, um mit den Älteren Gras zu rauchen. Jetzt baute sie die bessere Brücke.

Hoffman war in der Zwischenzeit aufgestanden und hatte die Hände in die Taschen seines Kittels gesteckt.

„Hoffman! Helfen Sie ihr, verdammt nochmal."

Hoffman quittierte Dennys Grölen mit einem Seufzen und einem melancholischen Blick. Nancy verkniff sich, den Doktor ebenfalls unter Druck zu setzen, und traute sich nicht, diese eine wichtige Frage zu stellen: „Ist es wie bei Ihrer Frau?"

Womöglich war es das. Angesichts dieser abnormalen Verrenkung hätte man erwarten können, dass der Arzt irgendeine Art von Aktionismus an den Tag legen würde. Für Nancy stand fest, dass er das, was sie hier gerade miterlebten, nicht zum ersten Mal sah.

„Nancy, neben dem Bett – die Packung mit den Tupfern."

Der Anweisung folgend ließ sie Kim los und suchte mit ihrem Blick kurz den Boden ab. Unter dem Feldbett reflektierte die Ecke einer Plastiktüte mit dem Aufdruck einer bekannten Supermarktkette, „supergeil". Nancy holt sie unter dem Feldbett hervor und fand darin tatsächlich reichlich medizinisches Zubehör, unter anderem eine Tüte mit Tupfern. In einem Akt makabrer Situationskomik reichte sie Hoffman eine Handvoll Tupfer unter der Kim-Brücke durch. Kaum war das erledigt, brach sich ein Grollen Bahn, das irgendwo tief in Kims Körper wurzelte und in Wellen aus ihrem Mund röhrte. Denny musste unweigerlich an Tiergeräusche denken, auch wenn er kein bestimmtes im Sinn hatte. Eher ein abstraktes Bild dazu. Kims Grollen klang so, als würde man einem sterbenden Elch ein Mikrofon vorhalten. Gut, dass er seine Gedanken nicht immer laut aussprach. So abrupt wie Kim sich aufgebäumt hatte, fiel das Konstrukt auch wieder zusammen. Der Körper schien sich zu entspannen. Nancy schaute nun in die Augen ihrer Schwester, nicht mehr in weiße Golfbälle. Aber wach war Kim keineswegs. Ihr Blick durchbohrte das Nichts. Nancy fiel trotzdem kurz ein Stein vom Herzen. Zu früh. Als das Blut begann aus Kims Nase, Ohren und Augen zu fließen, ergriff erneut Panik Besitz von Nancy und Denny. Hoffman hingegen begann zielsicher das Blut wegzuwischen und bedeutete Nancy, es ihm gleichzutun. Warum sie nicht losschrie, wusste Nancy in diesem Moment nicht. Womöglich war es die abstoßende Gravitas des Doktors, der zwischen seinen Anweisungen und Handlungen immer wieder die überbordende Zuversicht eines Götterkomplexes durchschimmern ließ.

„Alles gut. Das ist normal."

Das Gurgeln hingegen war nicht normal. Als Kim, begleitet von einem Blubbern, die Atemmaske mit Blut füllte, ging ein Ruck durch den Arzt. Hoffman riss ihr die Maske runter und drehte den Kopf zur Seite. Der rote Saft – Rot? War da nicht wieder dieses gelbe Schimmern zu sehen? – ergoss sich aus der Maske über Hals und Brust der Patientin und färbte das Bettzeug in Kopfhöhe dunkel. Das war nicht gut. Hoffman ging einen Schritt zurück und fasste sich mit der Rechten an die Stirn, während er den linken Arm untergeklemmt hatte. Jetzt wurde es auch Nancy zu viel.

„Sie stirbt, verdammt nochmal. Hoffman! Tun Sie irgendwas."

Dieser nuschelte im Selbstgespräch, rekapitulierte scheinbar Teile seiner Formel, adressierte dabei aber definitiv niemanden außerhalb seines eigenen Selbst. Wie sollten Nancy oder Denny auch nur im Ansatz verstehen, was „Carcosa" bedeutete oder eine der zahlreichen Formeln, die Schulmediziner zweifelsfrei im Bereich antiker Alchemie verortet hätten.

„Ich muss nachdenken."

Aber eigentlich musste er das nicht. Er wusste, was nur das Problem sein konnte. Denn er kannte es von Patientin eins. Er tupfte Kims Blut beiläufig aus dem Gesicht.

„Es liegt an der Blut-Hirn-Schranke. Eine Art Schutzschild, das Giftstoffe davon abhält, in das Gehirn zu gelangen. Der Stoff scheint an dieser Barriere zu scheitern. Bei dieser Dosis ist das eigentlich unmöglich. Das ist unmenschlich."

Nancys Blick war gespenstisch. So schauten Menschen, kurz bevor sie etwas Schlimmes taten. Mit ruhiger Hand griff sie in die Innentasche der Jacke, die über der Stuhllehne hang. Plötzlich schaute Hoffman in den Lauf eines mattschwarzen britischen Webley-Revolvers, Typ Mk. VI. Denny zeigte sich genauso überrascht wie Hoffman und ahmte unterbewusst nach, was er in Filmen häufig sah: große Augen, beide Arme nach vorne gestreckt mit beschwichtigender Gestik.

„Hey hey hey, ganz vorsichtig mit dem Ding. Wo hast Du das überhaupt her?"

Nancy hielt die Waffe mit beiden Händen. Einmal abdrücken und zwei Menschen würden sterben, Hoffman und vermutlich Kim. Das war auch dem Doktor klar. Aus Nancy sprach pure Verzweiflung, denn so ruhig und gefestigt sie bisher gewirkt hatte, in ihr wütete die Verlustangst wie ein zähnefletschender Höllenhund, der ihre Resilienz zunehmend zerfledderte. Als

Personifikation der Unberechenbarkeit flüsterte Nancy mit trockener Kehle und rauer Stimme:

„Meine Schwester stirbt nicht. Nicht heute Abend. Nicht in Ihrer scheiß Hütte. Tun Sie, was nötig ist. Dieser Wirkstoff hier schafft es ganz bestimmt bis ins Gehirn."

Sie verzog keine Miene. Hoffman inspizierte den Revolver. Er hatte den Lauf nah genug vor den Augen, um jede Kerbe genau erkennen zu können. Und wenn es nicht unmöglich gewesen wäre, hätte er schwören können, diesen auffallend mattschwarzen Militärrevolver schon einmal gesehen zu haben, vor langer Zeit, in einem Dörfchen namens Gravenhorst. Unter anderen Umständen hätte ihm Nancy vielleicht sogar erzählt, dass sie diesen Revolver erst seit Kurzem in ihrem Besitz hatte. Seit ein nervöser Opa an der Tankstelle vor Gravenhorst ihr das Teil und die Patronen förmlich aufgequatscht hatte. So aber, blieb dieser Zusammenhang unausgesprochen. Hoffmans Blick sprach Bände. Er hatte Respekt, war sich seiner Position aber bewusst.

„Nancy. Ich gehöre nicht zu den Menschen, die besser arbeiten, wenn man ihnen eine Waffe an den Kopf hält. Nur zu, drücken Sie ab. Dagegen kann ich nichts tun. Aber ich bin fest davon überzeugt, dass ich weit und breit der einzige Experte auf diesem Gebiet bin. Nancy – Sie sind nicht in der Lage mich zu erpressen."

Er hatte Recht. Natürlich hatte er Recht, aber...

„Waren Sie damals auch so gelassen, als Ihre Frau verreckt ist?"

Hoffman schaute kurz zum zur Salzsäule erstarrten Denny, dann wieder zu Nancy. Sein Tonfall wurde betont ruhig und unangenehm exaltiert.

„Es macht Sie wahnsinnig, dass Sie auf mich angewiesen sind, oder? Frisst es Sie nicht auf, dass Sie, trotz ihrer Rockermädchenattitüde, total machtlos und abhängig von mir sind?"

Pause.

„Sie legen jetzt den Revolver weg. Einer von Ihnen reinigt Kims Gesicht. Und der andere holt mir Zehn-Milliliter-Spritzen, Desinfektionsmittel und Aufziehkanülen. Ich muss noch eine Dosis verabreichen. Direkt."

Zehn Minuten später standen Hoffman, Nancy und Denny wieder um Kims Bett herum. Denny begutachtete die deutlich größere Nadel an der Spritze und stellte laut die Frage, deren Antwort Nancy schon befürchtete.

„Hoffman, wo wollen Sie mit der Nadel rein? Das Ding kommt doch aus dem Arm wieder raus!"

Hoffman schielte nur beiläufig zu Denny, richtete sich dann aber an Nancy.

„Halten Sie ihren Kopf fest."

Dennys Augen wurden groß, während er Kim weiterhin tapfer an den Füßen festhielt.

„Halt, mensch, nun warten Sie doch mal. Sie wollen ihr das Teil doch nicht…"

Hoffmans Fassung wurde von der rührend-naiven Art geknackt.

„Denny! Das Serum muss ins Gehirn. Deswegen muss diese Spritze hier in Kims Nase. Ich verstehe, dass Sie das nicht verstehen. Aber bitte vertrauen Sie mir einfach. So wie Kim."

Hoffman setzte die Spritze an. Der Glaszylinder war randvoll mit Reapers. Die Kanüle schob zwei Nasenhärchen auseinander und ritzte auf dem Weg die Nasenscheidewand auf. Hoffman drückte Kims Kopf noch ein wenig nach hinten, damit die Nadel leichter den Weg zum Riechkolben fand und damit einen unmittelbaren Übergang zum Gehirn. Auf dem Weg dahin schrammte er immer über das weiche Gewebe der Nebenhöhlen. Als die Nadel auf einen ernstzunehmenden Widerstand traf, grinste Hoffman leicht, drückte mit der Linken von oben gegen Kims Kopf und übte genug Kraft aus, um diesen Widerstand zu überwinden. Die Kanüle durchstieß das knorpelige Gewebe der Barriere. Dann drückte Hoffman die Kolben langsam runter. Reapers verteilte sich im Gehirn. Vergleichsweise unsanft zog er die Spritze anschließend wieder raus und legte das Spritzbesteck beiseite. Nancy und Denny hatten während der Prozedur die Körperspannung einer verkrampften Wade und trauten sich kein Wort zu sagen. Bis jetzt.

„Fuck, es geht wieder los."

Denny deutete auf Kims Ohren, aus denen gerade ein rotgelbes Rinnsal in Richtung Kopfkissen schleimte. Hoffman lächelte und tippte dabei unnötig bedeutungsschwanger auf Kims Stirn.

„Nein, meine Lieben, das ist die absolut angemessene Reaktion auf Reapers. Das Fressen hat begonnen!"

KAPITEL VIII

FEED THE REAPERS

♫

Charlie's Rampage
John Carpenter, Cody Carpenter & Daniel Davis
Firestarter – Motion Picture Soundtrack (2022)

Kim wusste nicht, ob sie nur eine Minute weg gewesen war oder Jahrtausende. Gelbe Jahrtausende. Vor ihrem geistigen Auge blitzten Bilder von blühenden Landschaften auf. Blühende Landschaften, die urplötzlich in gelben Wellen untergingen.

Blühende Landschaften, an deren Horizont sich schwarze Obelisken auftürmten.

Blühende Landschaften, die von sternförmigen Gezüchten überlaufen wurden.

Blühende Landschaften, die von gigantischen Augen beobachtet wurden.

Blühende Landschaften, …

Visionen oder Erinnerungen? Für einen Moment noch starrte Kim Löcher ins Nichts. Der Reaper hatte sie durch die Schiebetür gezerrt. Theoretisch hätten sie jetzt wieder im großen Saal des Gasthauses sein müssen. Aber Theorie und Praxis liefen in diesem Haus scheinbar völlig konträr. Sie standen in einer weiteren unendlichen Finsternis. Hier allerdings zeichnete eine Art von Schockwelle die Konturen des großen Saales nach. Schockwelle? Nein, es war vielmehr wie eine Art Echolot. Ja, so als würden die Wellen eines Echolotes die Umrisse des großen Saales grob skizzieren; sogar die Theke und den Eingang zur Küche. Und diese Wellen, sie kamen auch gar nicht so unregelmäßig.

BummBumm.

Sie... sie...

BummBumm.

Sie...

Kim legte die Hand über ihre Brust und fühlte es.

BummBumm.

Die Wellen zeichneten noch etwas nach; die riesige Gestalt, die sie hierher geschleift hatte. Den Reaper.

Und mit jeder Welle wurde er deutlicher. Bis er sich schließlich in Gänze manifestiert hatte. Dann skizzierten die Wellen die große Schiebetür, die Kim nur allzu gut kannte. Sie stand weit offen. Im Rahmen zeichneten sich undeutlich zwei Gestalten ab. Kim musste nicht lange raten, um zu wissen, dass diese Gestalten das Denny- und das Nancy-Ding waren. Sie blieben schemenhaft. Anstelle kompletter Formen umrandete das

Echolot nur ihre Umrisse, Mund und Augen. Alles wechselte ständig zwischen den entstellten Fratzen, die sie durch das Haus verfolgt hatten, und menschlichen Gesichtszügen. So als hätte sich ein Zeichentrickkünstler nicht entscheiden wollen. Kim registrierte noch etwas. Der Strick in der ausgestreckten Klaue des Reapers hing zwecklos herunter. In diesem Strick hatte sie sich vor wenigen Eindrücken noch selbst befunden und wurde vom Reaper durch die Räume gezerrt. Jetzt allerdings stand sie in einiger Entfernung und beobachtete die Kreatur. Ein schrilles Krächzen gurgelte durch den Raum. Der Reaper wirkte – und angesichts der kruden Umstände schien es unmöglich auch nur irgendeine Regung zu identifizieren – verwirrt. Er legte den Kopf leicht schräg, so als würde er auf den Strick starren. Dann ließ er das Kleinod einfach fallen. Eine Überlegung später riss er die Klaue, die eben noch den Strick gehalten hatte nach oben. Kim wusste noch, was das hieß – die Ketten! Doch die blieben aus. Stattdessen hörte Kim etwas, das ihr selbst in diesem abstrakten Szenario seltsam deplatziert vorkam, einen Schuss. Ein Ruck ging durch den Reaper. Das Pulsieren des Echolots zeichnete auch die gelbe Masse nach, die aus dem Körper der Kreatur quoll. Der tumorige Rabenschädel unter der Kapuze drehte sich in Richtung der zwei Schemen im Türrahmen. Das, was Kim als Nancys Umriss identifizierte, richtete einen Revolver auf den Reaper.

„Du hattest Deine Chance. Jetzt ist…"

„...es ihr Spiel", ergänzte Denny.

Ein weiterer Schuss. Der Reaper zuckte zusammen. Fast hilfesuchend streckte er wieder seine Klaue aus. Aber nein, keine Ketten.

Noch ein Schuss. Und noch einer. Jetzt sogar synchron mit dem Pulsieren. Und mit jedem Schuss nahmen die Schemen der Kreaturen um Kim herum mehr Kontur an und wurden konkreter. Dann zuckte die rechte Klaue des Reapers. Ohne Effekt. Erst da wurde Kim gewahr, dass etwas am Reaper fehlte.

Die Sense.

Diese überdimensionale Sense mit dem Blatt, das Kims Fleisch gekostet hatte.

Die Sense, mit der er sie durch die Schwärze gejagt hatte.

Die Sense, mit der die Kreatur zerfetzt und gemordet hatte.

Die Sense, die jetzt in Kims Händen lag. Es sollte eigentlich nicht sein, das spürte sie. Die Sense sollte eigentlich nicht von Menschen getragen werden. Das Blatt lag schwer auf dem Boden. Wog es Tonnen? Und doch spürte sie, dass sie es bewegen konnte. Sie machte einen Schritt nach vorne und hörte, wie die Sense eine tiefe Furche in die Schwärze dieses Äthers riss. Bilder zuckten durch Kims Kopf. Eine Pyramide, schwarz wie Obsidian. Landschaften, gleichzeitig erfroren und verkohlt. Gebirge, die sich aus gelbem, dickem Nebel schälten. Und irgendwo dazwischen die Umrisse einer Gestalt, in der sie mit viel Fantasie den Reaper wiedererkennen konnte.

Ein weiterer Schuss holte Kim zurück. Sie ging auf den Reaper zu. Die Sense kratzte weiter über den Boden. Parallel dazu grollte ein erbärmliches Krächzen durch das Nichts. *Kim, Du musst kämpfen. Wir schaffen das – zusammen. Ja, zusammen.* Ja, zusammen.

Kim rannte los. Der Weg zum Reaper erschien gleichzeitig unüberwindbar und lächerlich kurz. Wie eine Streitaxt zog die Kämpferin das Instrument hinter sich her. Sie spürte die Gewalt und den Blutdurst aus Jahrtausenden in sich schwelen, ersterbende Seelen und Qualen aus Äonen. Und den Krebs.

Noch einmal streckte der Reaper seine Klaue nach ihr aus. Dann schlug Kim zu.

Das Sensenblatt bohrte sich tief in den Boden. Mit einem lauten Klatschen landete der rechte Arm des Reapers auf dem Boden. Ein Moment verging, dann sprühte Kim eine gelblich-rote Blutfontäne aus der Wunde entgegen. Der Reaper reckte seinen Kopf nach oben und entfesselte einen Urschrei, der nur noch in Nuancen an ein Rabenkrächzen erinnerte. Der Moment streckte sich zu einer Ewigkeit. Sowohl der Reaper als auch Kim verharrten in ihren Positionen, während der Reaper brüllte und das Blut weiter spritzte. Abstrakt. Nur Kims Augen bewegten sich, als sie die Wunde begutachtete. Fauliges Fleisch wucherte um den durchtrennten Schulterknochen. Kims Sicht wurde trüber, als das spritzende Blut ihr Sichtfeld langsam rot einfärbte. Aus dem Augenwinkel sah sie, wie der Reaper ruckartig die verbleibende Hand nach oben riss. Unmittelbar danach hörte sie einen weiteren Schuss. Ein Teil der verbliebenen Klaue wurde einfach weggerissen. Als Kim nach hinten schaute, grinsten ihr Denny und Nancy entgegen. Nicht die Schemen. Nicht die Monstren, die sie verfolgt hatten. Ihr

Freund Denny, mit den großen Kulleraugen. Und ihre Schwester Nancy, mit dem Lächeln, das sie schon durch so viele schwere Zeiten begleitet hatte. Als Kim zurück zum Reaper schaute, glommen dessen schwarze Augäpfel gelb auf. Er war verstummt. Und stumm fixierte er Kim nun. Als das spritzende Blut verebbte, wischte sich Kim übers Gesicht und umklammerte wieder die Sense. Ihre Tränen spülten den Rest Blut aus den Augen.

„Du warst viel zu lange bei mir. Du hast mir meine Kindheit genommen. Ich bin wegen Dir verreckt, so oft. Ja... verreckt. Jetzt bist Du dran...“

Kim riss die Sense hoch.

„...Und wozu hab ich denn diese scheiß Therapie gemacht?“

Begleitet von einem Schrei sauste die Waffe nieder und hackte in den Leib des Monsters. Als das Blatt durch den Rippenbogen pflügte, klang es, als würde Marmor bersten. Die schwarzen fauligen Sehnen, im Kadaver des Reapers, zerrissen mit dem flirrenden Geräusch einer kaputten Gitarrensaite. Dort, wo die Sense ihre Wunden riss, spritzte Momente später das Blut. Und je mehr Blut floss, desto weniger Gelb befand sich darin. Mit jedem Klumpen Fleisch, den sie vom Reaper riss, wurde das Pulsieren um sie herum ruhiger. Kim stoppte die Zerstörungsorgie auch dann nicht, als die Reste des Reapers auf den Boden sackten. Auch nicht, als sie den Schädel des Monsters mit der Präzision einer Brotschneidemaschine zerkleinert hatte. Dann stoppte Kim. Urplötzlich. Es war genug. Sie ließ erst die Sense fallen und dann sich selbst. Ihre Sicht begann bereits zu zerfasern, als sie in die Gesichter von Denny und Nancy blickte. Nancy wischte ihr sogar ein bisschen Blut aus dem Gesicht. Lieb von Nancy.

„Gut gemacht", schmunzelte ihr ihre Schwester zu.

KAPITEL IX

RE/BIRTH

♫

Happy Together
The Turtles
Happy Together (1967)

Es fühlte sich an, als würde sie nach einem Fallschirmsprung ohne Fallschirm landen. Ein Ruck ging durch Kims Körper, der sich explosionsartig aufbäumte. Ihre Augen waren weit aufgerissen, aber sie sah noch nichts außer gleißendem Licht. Beißende Helligkeit. In ihrem Schädel fühlte es sich an, als müsste ihr Kopf das Konzept „Licht" erst wieder neu erlernen. Kims Blick ging sekundenlang ins Leere. Sie konnte nichts erfassen; auch nicht Nancy und Denny, die neben ihr standen und erfolglos auf sie einredeten. Stattdessen hallten Stimmen in ihren Kopf nach und Geräusche aus... dem Nichts. Sie sah auch nicht Hoffman, der das Szenario mit mehr Abstand zu dem Trio verfolgte. Er deutet beiläufig auf die Atemmaske über Kims Mund, die stoßweise beschlug.

„Nehmen Sie ihr die Maske ab. Es braucht Platz."

Denny wirkte schon wieder ganz aufgelöst, griff aber als erstes zur Maske und warf sie unnötig fuchtelig nach hinten weg. Auf den Punkt beruhigte sich Kims Körper, gefolgt von einem kräftigen Husten, an dessen Ende sich Kim ruckartig zur Seite lehnte und auf den Boden kotzte. Viel gab es da nicht zu erbrechen. Ihr Magen war im Prinzip leer. Grünliche Galle, gelber Schleim und dunkelrotes Blut mischten sich zu einer glitschigen Ampelkoalition, die von einigen undefinierbaren Rückständen durchzogen wurde. Denny betuddelte Kim sofort, nahm sie in den Arm und versuchte dabei nicht in der Kotze auszurutschen. Nancy hingegen beließ es bei einem Streicheln über Kims Schulter und taxierte stattdessen Hoffman. Dieser Blick war erdrückend. Er grinste, aber er freute sich nicht. Hoffman wartete. Aber auf was? Kim hingegen versuchte langsam sich aus ihrer seitlich liegenden Position hochzudrücken. Dann packte es auch Nancy. Sie wandte sich kurz Kim zu.

„Hey, Süße, rede mit uns. Wie geht's Dir? Kannst Du uns hören und sehen?"

Kurz noch verweilte Kim in der Verkrümmung, dann richtete sie sich im Bett sitzend auf und griff sich an die Nase.

„Fuck. Was für 'ne Scheiße. Ich... ich... Gebt mir mal 'ne Minute. In meinem Schädel fickt gerade alles. Grrr... Was hat er da gemacht?"

Kim schaute zu Hoffman. Hoffman schaute zu Kim. Weder Nancy noch Denny trauten sich, die Stille zu unterbrechen. Kenner hätten diese Situation an ein Revolverduell in einem alten Western erinnert; aber für Filme interessierte sich in diesem Moment wirklich niemand. Hoffman adressierte Nancy.

„Bitten schauen Sie unter dem Bett nach, ob sie dort eine Nierenschale finden."

Denny meldete sich zu Wort.

„Nun hat sie schon gekotzt."

Es war purer Hohn, dass Kims Würgen seinen Satz unterbrach. Hoffman grinste leicht und kniff die Augen etwas zusammen.

„Endlich."

Es klang, als würde ein Mensch im Mensch brüllen. Kim griff sich zunächst instinktiv an den Bauch, der sich für einen Moment durch das Krankenhausleibchen drückte. Dann verschwand die Wölbung und Panik setzte ein. Selbst wenn sie versucht hätte, den anderen zu beschreiben, was da gerade passierte, hätte sie kein Wort rausbekommen. Watte legte sich über ihre Ohren. Ein Rauschen, das Dennys und Nancys Worte auf ein Nichts reduzierte. Das zweite Würgen ging wie eine Schockwelle durch Kims Körper, so stark, dass sie beide Hände in die Matratze grub. An Luft holen war nicht zu denken. Das, was da ihre Speiseröhre hochkam, war massiv. Es drückte die Luftröhre zusammen. Kims Augäpfel schienen unter dem Druck zu bersten, in Sekundenbruchteilen zeichneten sich rote Äderchen ab, platzten und hinterließe immer mehr dunkelrote Flecken im Weiß. Und so sehr Denny sich auch bemühte, sein Tätscheln und das gute Zureden bewirkten genau gar nichts. Kims geschwollene Zunge hing raus und entließ ein gelbliches Speichelrinnsal aufs Bettzeug. Dann entspannte sich der angeschlagene Körper für zwei Sekunden. Luft. Kim konnte sich nicht bewegen, aber das Etwas in ihrem Hals bewegte sich weiter hoch und nahm dabei kurzzeitig den Druck von der Lunge. Tief sog Kim den Sauerstoff ein. Dann kam die nächste Welle. Nancy wollte nicht mehr brüllen und sie konnte es auch nicht mehr. Sie sah die Wölbung an Kims Hals; eine Wölbung, die nach oben wanderte.

„Hoffman, bitte, helfen Sie ihr."

Eine Träne erlaubte sich Nancy. Hoffman blickte zu Kim und beobachtete das Spektakel. Nichts an ihm wirkte aufgeregt oder unentspannt.

„Ich habe ihr geholfen. Jetzt hilft sie mir."

Kim wusste nicht, wie ihr Körper das machte, aber noch lebte sie. Zusammen mit diesem Ding stieg auch die Panik in ihr hoch. Panik vor dem Erstickungstod; Panik davor, dass irgendetwas gleich ihren Hals von innen zerfetzen würde, wie in so einem scheiß Alien-Film. Sie merkte die Wellenbewegung immer deutlicher und spürte auch eine Vibration, die ihr zweifelsfrei eine Gehirnerschütterung einbringen würde. Irgendwo in der Ferne blitzten Erinnerungen auf. Während eines Roadtrips mit Nancy zusammen, hatte sie sich mal an einer Fischgräte verschluckt und wäre fast daran erstickt. Daran erinnerte sie sich gerade. Jetzt gerade, als ihre Zunge raushing, die Augäpfel mehr und mehr nach oben rollten und sie vermutlich an einem Etwas verrecken würde. Der Trip ans Meer war trotzdem schön gewesen. Kaum zu Ende gedacht, merkte Kim, wie sich ihr Kopf langsam hob. Sie wollte das gar nicht, aber egal, was da ihren Hals hochkroch, es war so massiv, dass es jeden Platz brauchte. Sie fühlte sich in diesem Moment wie ein Trinkhalm mit abgeknicktem Kopf, durch den man von unten ein kleines Holzstäbchen schob und der sich deshalb aufrichtete. Nur wenige Momente später schaute sie in das Licht und nahm mit Entsetzen wahr, dass sich etwas aus ihrem Mund in ihr Sichtfeld drängt. Glücklicherweise konnte sie es nicht erkennen. Anders als Nancy und Denny. Letzterer fuhr mit einem entsetzten Schrei zurück, rutschte auf Kims Kotze aus und stolperte rücklings durch den Raum, schlug sich den Kopf hart an und blieb just an der Wand hocken, vor der auch Hoffman stand und das Spektakel beobachtete. Nancy wich nicht von Kims Seite, musste sich aber gleichsam Schreien und Kotzen verkneifen. Diese Bilder brannten sich sein. Der glitschige, längliche Körper, der sich durch Kims verkrampft aufgerissenen Mund presste. Die Vorderseite, die aussah wie ein kreisrundes Maul. Die zwei fühlerartigen Fortsätze, die wild umherwackelten und dem Ding etwas Schneckenhaftes gaben. Über den Körper verteilt öffneten sich in regelmäßigen Abständen kleinen Öffnungen und entließen einen kaum wahrnehmbaren gelben Dampf, fast so, als würde es durch diese Spalten atmen. Es. Nancy konnte in diesem Moment nicht nachdenken, aber hatte Hoffman nicht von einem Proto-Reaper gesprochen, ein Organismus, der alle anderen frisst? Der Leib drückte sich immer weiter aus Kims Mund, begleitet von einem Würgen. Aus dem Augenwinkel sah Nancy Hoffman, der einen Schritt nähergekommen war. Kims Mund wurde so weit auseinandergedrückt, dass die spröden Lippen überall tief eingerissen waren und krustiges Blut in den Speichel entließen. Als Nancy sich entschloss hinzugreifen, war ihre Schwester schneller. Kim packte den Proto-Reaper mit beiden Händen, zog durch die Nase so viel Luft wie möglich ein, begann heftig zu würgen und zerrte das Teil mit Gewalt aus ihrem Hals. Sie merkte, wie ein Atemloch des Tieres an Kims Schneidezähnen aufriss. Als die Made Kims Hals vollends verlassen hatte, wurde aus dem Würgen ein Schreien. Mit dem Rest Kraft in ihrem Körper warf Kim die Made von sich, in Richtung von Hoffman und Denny. Mit einem lauten Klatschen landete das Tier auf dem Boden. Kim hingegen sank zurück auf die Matratze und starrte zunächst regungslos an die Decke. Nancy legte ihre Hand auf Kims Wange. Ein Blinzeln, ein schweres Durchatmen.

Noch einmal.

Und nochmal.

„Ich hab kein Bock mehr!"

Kim war wieder da. Und obwohl Denny ansonsten der erste gewesen wäre, der an das Krankenbett gespurtet wäre, drückte er sich in diesem Moment einfach nur gegen die Wand und behielt mit weit aufgerissenen Augen die Riesenmade im Blick, die sich auf dem Holzboden wand und einen immer größeren Schleimspiegel produzierte. Hoffman huschte ein Lächeln übers Gesicht. Beiläufig holte er ein paar Gummihandschuhe aus der Hosentasche und zog sie über. Dann griff er beherzt zu und hob den Proto-Reaper hoch, um es in sicherem Abstand, aber in Augenhöhe vor sich zu halten.

„Was für ein Prachtexemplar. So groß sind sie noch nie geworden."

Denny nahm allen Mut zusammen, stand, den Rücken noch immer fest an die Wand gepresst, auf und brüllte Hoffman an.

„Was zum Fick ist das? Was ist das für eine kranke Scheiße hier? Was haben Sie ihr angetan?"

Dabei deutete er auf Kim, die sich währenddessen auf die Bettkante gesetzt hatte. Das Tier in Hoffmans Händen wand sich und schien mit jeder Bewegung durch den gummierten Griff des Wahnsinnigen zu rutschen. Seiner Umgebung schenkte Hoffman keine Beachtung mehr. Stattdessen begutachtete er das Maul, mit den kreisrunden Zähnen, die ihn immer an frühe Darstellungen der Skylla in der Homers Odyssee erinnerten.

„Das hier ist die Grundlage meiner Forschung. Ohne dieses wunderbare Exemplar eines Reapers hätte Kim nicht überlebt. In diesem Leib werden die Krebszellen gerade..."

Weiter kam er nicht. Plötzlich knallte etwas gegen Hoffmans Kopf. Sofort fiel die Reaper-Made zu Boden, Hoffman selbst taumelte und hielt sich benommen an einem der Stützbalken fest.

Nancy hatte keine Lust gehabt, sich diesen ekelhaften Schrecken noch länger zu geben. Kurzerhand hatte sie zu dem Schädel gegriffen, der in der dunkeln Ecke des Raumes stand. Da Hoffman den Riesenwurm anschmachtete, konnte sie in

Ruhe zielen und dem Doktor den Menschenschädel mit ordentlich Kraft gegen den eigenen Schädel donnern. Mit Erfolg. Es klang wie Holz auf Holz. Als der Proto-Reaper erneut auf den Boden geklatscht war, zog Nancy den Revolver aus dem Gürtelbund, schwang sich an Kim vorbei über die Krankenpritsche und zielte auf den Wurm. Im Hintergrund hörte sie noch Hoffman brüllen.

„Nein, bitte, das können Sie nicht..."

Ein Krachen halte durch den Raum. Und mit diesem Krachen zerplatzte der Vorderteil des Tieres in einen Schauer aus gelbem protoplasmatischen Schleim, der sich zwar in alle Richtungen verteilte, aber zu großen Teilen in Dennys Gesicht hängen blieb – zumindest gefühlt.

„Sie Miststück!"

Nancy ließ den qualmenden Revolver sinken und drehte sich zu Hoffman um. Entgegen ihrer Annahme schaute der Doktor gar nicht auf den Reaper, sondern auf den Schädel, der nun als Schädelbruch am Boden lag. Sorgsam suchte er die Fragmente zusammen und steckte sie in seine Kitteltasche. Kaum hörbar flüsterte er zu sich selbst.

„Wir kriegen das wieder hin, Liebes."

Er stand auf, schaute betont ruhig in die Runde, begann damit die Handschuhe auszuziehen und adressierte Nancy.

„Warum haben Sie das getan? Das Einzige, was ich von Kim wollte im Gegenzug für ihre Behandlung, war dieses Ergebnis. Die Grundlage meiner Forschung. Sie haben mit ihrer kleinen

Cowboynummer vielleicht gerade die letzten zwei Jahre meiner Arbeit zunichte gemacht."

Denny schaute Hoffman und Nancy an, dann Kim, die noch immer auf der Bettkante saß.

„Ihr macht das unter euch aus, ja. Ich..."

Schleimtriefend spurtete er zu Kim und – entgegen jeder Hemmschwelle und in Ermangelung jedweden situativen Empfindens – küsste Kim innig, wie Romeo seine Julia. Und entgegen jeder Rationalität machte sie mit und unterbrach die eigenwillige Romantik jeweils nur kurz, um Schleim oder Reste der Made auszuspucken.

Am anderen Ende des Raumes redete Nancy auf Hoffman ein.

„Sie hätten uns auch von Anfang an einweihen können, Hoffman. Sie hätten uns sagen können, was passiert, wie das Ergebnis aussieht und was da am Ende aus Kim rauskommt."

Hoffman richtete seine Brille. Dann ging er langsam an Nancy vorbei, kniete sich hin und wischte die Reste des Reapers in den Gummihandschuh. Dann schaute er Nancy tief in die Augen, einen Moment zu lange, um keine psychopathischen Züge zu bekommen.

„Hätte ich das erwähnen sollen, nachdem sie mir den Revolver vorgehalten haben oder noch währenddessen?"

Dann ging er an Nancy vorbei und holte eine schwarze Visitenkarte aus der Hosentasche.

„Sie finden den Weg nachher alleine. Wenn sie wieder in der Zivilisation angekommen sind, wenden sie sich an diesen Kontakt. Er sorgt dafür, dass Kims Patientenakte keine

Aufmerksamkeit erregt, wenn sie bei der nächsten Untersuchung als beschwerdefrei eingestuft wird. Und noch ein gut gemeinter Rat: Sie kennen mich nicht. Sie kennen dieses Gebäude nicht. Sie haben nie etwas von Reapers gehört. Und sollten Menschen auftauchen, die etwas anderes behaupten: leugnen Sie alles. Ich nehme an, Sie und die Turteltauben finden den Weg nachher alleine. Ein Tipp: Wenn Sie schnell genug sind, bekommen sie den Sonnenaufgang mit. Gehen Sie einfach in Richtung der aufgehenden Sonne. Nach circa vier Kilometern kommt ein Waldweg. Dem können Sie in irgendeine Richtung folgen. Irgendwann sind sie wieder an dem Punkt, wo Sie Ihre Autos abgestellt haben."

Mit dieser Handlungsanweisung drehte sich Hoffman um und verschwand. Hinter sich hörte Nancy Kim und Denny herumalbern. Absurd. Um die Aufmerksamkeit des Pärchens zu bekommen, konnte sie jetzt nur eines tun...

„Sagt mal, wie hieß dieser Cronenberg-Film mit den Würmern im Körper?"

KAPITEL X
TABULA RASA

♫

A New Hope
Thomas Barrandon
Escape From Earth (2009)

Sonnenschein hätte besser zu diesem Postkartenidyll gepasst. So fielen nach und nach rotbraune Blätter in den See, der eine dicke graue Wolkendecke spiegelte. Dann wirbelte ein Steinchen die Wasseroberfläche auf. Und noch einer.

Denny wollte immer Steine übers Wasser flitschen können. Konnte er aber nicht. Nancy nahm ihm den nächsten aus der Hand und tauschte ihn gegen eine Flasche Bier ein. Dann justierte sie den Wurf kurz und ließ den flachen Kiesel wie ein Paar Wasserskier über die nasse Oberfläche springen.
„Prost."
Kim beobachtete Nancy und Denny, während sie selbst noch am Transporter lehnte. Dann schielte sie kurz auf den Zettel, der zwischen Handfläche und Bierflasche klemmte. Neben dem

vielen medizinischen Kauderwelsch stand da vor allem eines: „Gesund". Noch wusste sie gar nicht, wie sie damit umgehen sollte. Sie kannte diesen Zustand einfach nicht. Sie kippte einen Schluck Bier nach und schlenderte zu den anderen beiden; knautschte sich betont hemdsärmelig zwischen ihre Schwester und ihren Freund. Kurz klirrten die Flaschen. Dann nahm Nancy Kim den Zettel aus der Hand.

„Weißt'e noch, wie wir das erste Mal hier waren, als die Diagnose kam? Mit Papa und Mama."

Kim nickte und schaute auf den See.

„Wie geht's Dir jetzt? So mit ohne Diagnose?"

„Komisch. Irgendwie ist es auch plötzlich so leer in mir. Ich hab keine Ahnung. Ich freue mich, aber das ist alles irgendwie so... unwirklich."

Denny kraulte den Nacken seiner Freundin.

„Also dieser riesige Peniswurm war ziemlich wirklich. Aber wie cool warst Du bitte, mit dem Revolver und dem Schädel und so. Das war schon richtig fett. Das war zum Schluss wirklich noch der... Moneyshot!"

Denny konnte Gags noch nie gut bringen. Meistens weil er selbst als erstes über die Gags schmunzeln musste. Jetzt auch wieder. Kim und Nancy schauten Denny betont unbeeindruckt an, bevor Nancy die Vorlage verwandelte.

„Moneyshot in your face, Dirty Sanchez."

Dann wurde es ruhig. Kim wurde ruhig. Selbst das Wasser vor dem kleinen Holzsteg schien ruhiger zu werden.

„Wenn das alles so bleibt, ist Hoffman ein Genie. Und ich frage mich, ob es richtig war, dieses Teil kaputt zu machen. Andererseits ist der Typ auch unberechenbar. Als ich ankam, hat der mich umarmt. Ich hatte den noch nie vorher persönlich gesehen, aber der hat mich gedrückt, als ob wir uns schon ewig kennen. Und euch hat er gesiezt, ne? Mich hat er schon bei der ersten Mail geduzt. Das ist irgendwie weird."

Nancy nahm einen beherzten Schluck vom Bier.

„Die Höflichkeitsfloskeln finde ich gar nicht so spannend. Aber die Visitenkarte mit dem schwarzen Achteck, der Kontakt dahinter und alles, was vor und in diesem kleinen Dorf passiert ist; der Kompass, die Wegmarkierungen – Hoffman ist kein verrückter Einsiedler. Ich will wissen, was der neben den Maden noch so alles im Keller hat. Oder vielleicht will ich es gar nicht wissen. Ich hab eigentlich auch keinen Bock umzuziehen. Aber nach all der Scheiße ist das vielleicht die beste Möglichkeit. Einmal Kahlschlag. Einmal alles auf Null, weißte. Einmal Tabula Rasa. Ich hoffe nur, dass wir uns nicht alle auf den Sack gehen. Ich hab noch nie in 'ner WG gewohnt. Wenn ihr morgens mit Handyspielen auf dem Klo das Bad blockiert, flippe ich aus!"

Kim schaute zu Denny.

„Was denn? Wenn ich das bei der Frau von der Visitenkarte richtig verstanden habe, sollten wir aktuell sowieso keine Smartphones mehr nutzen. Und Snake beim Kacken spiele ich nicht. Also keine Angst. Und wenn ich demnächst

Nachtschichten an der Frittenbude schiebe, hab ich dafür auch keine Zeit mehr."

„Ey, ich hab Dir gesagt, Du sollst Dich fürs Studium einschreiben. Sie hier bekommt sowieso die nächste Zeit etwas Geld von unserem Vater. Machst'e halbe Nachtschichten in der Goldenen Möwe und tagsüber studieren. Das würde klappen, glaub's mir. Ich meine, mir ist das egal, aber wenn Dich alte Sprachen so catchen, dann mach das doch. Und ein Würstchenschubser mit Alt-Ägyptisch-Zertifikat mehr oder weniger, fällt im System auch nicht weiter auf."

Nancy grinste. Denny schaute sie betont ausdruckslos an.

„Ja cool, danke. Das hilft."

Kim steckte den Zettel wieder ein, machte die Augen zu und legte sich hin. Denny legte seinen Kopf auf ihren Bauch. Nancy verschränkte die Arme hinter dem Kopf und tat es ihrer Schwester gleich. Dann atmete Kim einmal tief durch. Einfach weil sie es jetzt konnte. Anschließend sprach sie irgendwo hin ins Leere.

„Ihr wart auch in Gravenhorst, in dieser Bar. Mir ist vorhin was eingefallen. Dieses Achteck von Hoffmans schwarzer Visitenkarte – die Bedienung in der Kneipe hatte das gleiche Ding auf ihrem Unterarm tätowiert."

EPILOG
THE EPOR

♫

The Mark
Moderat
II (2013)

Die flackernden Neonröhren reflektierten an den Stahltüren und verliehen dem unterirdischen Gang das kalte Ambiente eines Kriegsbunkers. Hoffman schritt zügig, aber nicht hektisch an den Betonwänden vorbei, den gefüllten Gummihandschuh fest im Griff. Viel Hoffnung hegte er nicht, aber womöglich ließ sich das Zellgewebe des Proto-Reapers in der Nährlösung dennoch benutzen. Die Stahltür, vor der er stehenblieb, war den vorherigen nahezu identisch, inklusive der radförmigen Kurbel als Schließmechanismus, der sofort an Zwischentüren in alten U-Booten erinnerte, ausgenommen dem Bullauge. Auf den zweiten Blick gab es allerdings einen markanten Unterschied. Über die gesamte Oberfläche der Tür, waren verschiedene Symbole und Schriftzeichen in den massiven Stahl eingraviert. Einfache geometrische Formen wie Dreiecke und Kreise verästelten sich in geordneten Strukturen zu komplexen

Gebilden und verschmolzen mit exotisch anmutenden Schriftzeichen, die Laien vielleicht im Alten Ägypten verortet hätten. Hoffman hingegen wusste um die Bedeutung und die Wichtigkeit dieser grundlegenden Alchemie. Mit geübtem Griff kurbelte er am Rad und zog die Stahltür schwungvoll auf. Der Raum dahinter war tatsächlich nicht größer als eine übliche Kabine in einem großen Frachtdampfer. Mit einem Krachen fiel die Tür hinter ihm ins Schloss. Ohne Umwege ging er zu einer dunkelbraunen Eichenkommode, entnahm einen breiten Glaszylinder und stellte ihn auf den schmucklosen dunklen Holzschreibtisch, der so breit war, dass er zweifelsohne erst in diesem Raum gebaut worden war. Mit einer beiläufigen Bewegung entleerte der Doktor den Inhalt des Gummihandschuhs in das Gefäß. Kurz stoben gelbe Partikel aus dem Zylinder. Dann sah das glitschige Überbleibsel fast aus, wie eine Backzutat vor dem Umrühren. Nur wenig erinnerte an den Proto-Reaper, der Kims Krebszellen assimiliert hatte und aus ihr geschlüpft war. Kurz betrachtete er den zunehmend zerfallenden Zellhaufen, bevor er aus einem Glasschrank einen bauchigen Glasbehälter holte. Auf dem verdreckten Klebestreifen vergewisserte er sich kurz, dass er das Richtige in der Hand hatte: Lösung R33 – V7. Ein kurzes Ruckeln später war das Gefäß entkorkt. Mit deutlich mehr Achtsamkeit als zuvor beim Reaper kippte der Doktor die Lösung über den Zellhaufen. Korken drauf, Behälter zurück. Einen Schrank weiter holte er ein kleines Glas raus, stellte es etwas zu beherzt neben den Glaszylinder mit dem Reaper, ließ zwei Eiswürfel hineinfallen und kippte einen großzügigen Schluck Whisky drauf. Kurz wirbelte er das Eis herum, dann floss das Seelenheil seine Kehle runter. Mit dieser Beruhigung im Blut ließ sich Hoffman auf seinen Schreibtischstuhl fallen. Er legte die Brille auf den Schreibtisch und kippte nach. Der Blick in den Glaszylinder sorgte zwar nicht für Jubel, beruhigte ihn aber. Der rapide Zellverfall des Proto-Reapers hatte aufgehört. Der Rand, an dem Nancys Revolverkugel den vorderen Körper der Made abgetrennt und zerfetzt hatte, begann auszuhärten und verfärbte sich dunkel. In ein paar Tagen würde sich die offene Stelle nach innen geschlossen und verwachsen haben. Und wer weiß, in ein paar Monaten schwamm in der Nährlösung vielleicht ein regeneriertes Exemplar. Schwieriger war es, mit dem eigentlichen Verlust des Tages umzugehen. Vorsichtig griff er in die Kitteltasche und legte die Fragmente des Schädels auf den Tisch, den Nancy als Waffe gegen ihn eingesetzt hatte. In einer Schublade fingerte er nach einer kleinen dünnen Fernbedienung und richtete sie auf eine Vitrine, die bisher betont unauffällig im Dunkeln stand. Ein mechanisches Entriegeln später erwachten verschiedene Leuchtmittel zum Leben. Drei Glaszylinder waren nun übermäßig präsent. Hoffman griff zum ersten in der Reihe und stellte ihn vorsichtig auf den Schreibtisch. In der Nährlösung schwamm ein weiterer Reaper. Kurz schaute Hoffman auf die Beschriftung des Gefäßes, löste sich aber schnell wieder, um nicht in Gedanken und Erinnerungen unterzugehen: „Ludmilla Hoffman". Er zog ein Paar frische Gummihandschuhe an und begann damit, die Schädelreste um den Reaper herum in der Nährlösung zu drapieren. Die kleinen Bläschen am Knochengewebe waren ein gutes Zeichen.

Zufriedener als noch vor ein paar Stunden lehnte sich Hoffman in seinem Stuhl zurück. Der Glasbehälter mit Kims Reaper stand noch auf seinem Schreibtisch. Das Whiskyglas ebenso. Die Eiswürfel waren mittlerweile verschwunden, ein Drittel des Whiskys in der Flasche auch. Mit schwerem Arm zog Hoffman eine volle Akte aus dem unteren Teil des Schreibtisches und knallte sie auf den Tisch. Ein vermeintlich chaotischer Wust aus Skizzen, handgeschriebenen Notizen, ausgeschnittenen Beiträgen aus Fachjournalen und auf Schreibmaschine getippten Beiträgen, aus dem außer Hoffman niemand schlau werden würde. Er blätterte ein wenig und öffnete etwas zu schwungvoll den aktuellen Stand, ein Abschnitt mit der Überschrift „EPOR – Erythropoetin-Rezeptor-Forschung". Kurz überflog er seine Notizen, bis zu einer bestimmten Stelle. Mit dem Kugelschreiber ergänzte er einen Satz, bei dem er zuvor mittendrin verzweifelt abgebrochen hatte: „Reapers ist zum Einsatz als Tumormarker geeignet."
Dann blätterte er sich durch die Aufzeichnungen der bisherigen Patienten.
- Ludmilla Hoffman
- Samuel Kronenberg
- Jerome Samrei

Der Doktor schlug eine neue Seite auf und begann mit höchster Akribie den Namen auf das karierte Papier schönzuschreiben. „Kim…" Ein lautes Klingeln riss ihn aus dem Schreibprozess. Noch ein Läuten. Stille. Er traute sich nicht einmal zu atmen. Dann wieder ein schrilles Klingeln. Hoffman drehte sich um und starrte mit Ehrfurcht auf das grüne eingestaubte Telefon, dessen Wählscheibe er seit Jahren nicht angefasst hatte. Wieder ein Klingeln. Zittrig fasste er zum Hörer.

„Ja?"

„Peter, Sie sind besser geworden im Versteckspielen."

„Was wollen Sie?"

„Reapers. Wir hoffen, Sie haben die letzten Jahre genutzt, um das Serum auf die nächste Ebene zu bringen. Leistungssteigerung, Regeneration – wir erwarten langsam Resultate im Gegenzug für die ganzen Ressourcen, die Sie uns während Ihrer kleinen Nacht-und-Nebel-Aktion ungefragt entwendet haben. Octagon ist nicht nachtragend."

Hoffman schluckte kurz. Stille. Er schaute auf die neue Eintragung, die er gerade anlegen wollte.

„Versuch Vier ist gerade abgeschlossen. Es gab unerwartete Komplikationen, aber dank eines glücklichen Zufalls kann ich durch Nummer Vier Ludmillas Versuchsreihe erweitern. Das genetische Material stimmt überein. Reapers ist womöglich einsatzbereit."

Dann vervollständigte der Arzt die Eintragung im Aktenordner: „Kim Hoffman"

„Sehr gut, Peter. Ich wusste, wir können uns auf Sie verlassen. Betrachten Sie das Projekt als reaktiviert."

Kapitel VI

Dossier

♫
Doomsday Clock
Thomas Barrandon
When Worlds Collide (2018)

Peter Hoffman

geboren 28. März 1956 als „Lorimar Peter Hoffmann"
auf dem 96. Amerikanischen Artillerie-Stützpunkt in Mainz-Gonsenheim (96 Ordnance Company, Mainz-Gonsenheim, 1955/56)

Sohn des US-Amerikaners Christopher Cushing (Rang: Specialist SPC², US-Army, in Deutschland stationiert) und der deutschen Näherin Grete Hoffmann.

Hintergrund

Im Jahr 1954 erklärt die geheime Wissenschaftsdivision des US-Militärs das „Project Octagon" für gescheitert. In einer unterirdischen Forschungseinrichtung vor Mainz sollte das deutsch-amerikanische Wissenschaftsteam die Möglichkeiten ausloten, Okkultismus mit ABC-Waffenforschung zu verbinden.

Nach einem Anschlag durch eingeweihte desertierte Soldaten des deutschen und amerikanischen Militärs brannte die unterirdische Forschungseinrichtung völlig aus, zumindest scheinbar. Das einzige bis dahin erfolgreich verlaufene Experiment „R" lässt sich nicht rekonstruieren. Zur Aufklärung des Vorfalls lässt das US-Militär die 96 Ordnance Company 1955 in Mainz-Gonsenheim errichten. Die als Artillerie-Station getarnte Basis steht inoffiziell unter dem Kommando von Wissenschaftsoffizier Specialist Christopher Cushing.

Bereits kurz nach dessen Eintreffen heiratet Cushing die Deutsche Grete Hoffmann. Knapp ein Jahr später, am 28. März 1956, erblickt „Lorimar Peter Hoffmann" das Licht der Welt. Die Eltern beschließen, dem Kind den Familiennamen der Mutter zu geben, um es den Deutschen gegenüber nicht sofort als Amerikaner zu identifizieren. Zu diesem Zeitpunkt muss die Basis bereits täglich damit rechnen, erneut vom rebellischen Untergrund überfallen zu werden. Es herrscht striktes Ausgangsverbot. Cushing wartet auf eine Gelegenheit, Grete und Lorimar sicher vom Stützpunkt zu schaffen. Als dem Paar bewusst wird, dass es die Station nicht lebendig verlässt, nimmt es Kontakt zu einem Freund Gretes auf, Werner Brandt, ein Ex-Spion der Deutschen. Zusammen mit den verbleibenden Unterlagen zu Project Octagon übergeben die Eltern das Baby an Brandt. 1956 wird die 96 Ordnance Company in Mainz-Gonsenheim offiziell geschlossen.

1976 schließt ein gewisser Peter Brandt sein Studium der Medizin am Universitätsklinikum Heidelberg ab, mit Auszeichnung. Kurz danach wird er der Universität verwiesen. Grund sind unethische Experimente an toten Embryonen und zahllose weitere, die in den Notizen des damaligen Dekans lediglich als „unaussprechlich" beschrieben werden.

Im Standesamt Ost-Berlin ist 1986 die Hochzeit zwischen einem Peter Hoffman (Dr. Med.) und Ludmilla Frost, jetzt ebenfalls Hoffman, verzeichnet. In den entsprechenden Polizeiakten taucht Familie Hoffman im Jahr 1987 regelmäßig auf. Grund ist u.a. Ruhestörung. Bisweilen wird aus dem Keller des kleinen Einfamilienhauses ein widerlicher Verwesungsgestank gemeldet. Als Randnotiz liest man in den Akten von einem „vermutetem Schwangerschaftsabbruch". Etwa zur selben Zeit notiert das Waisenhaus Braunschweig den Neuzugang eines Kleinkindes, „vermutlich noch kein ganzes Jahr alt". Einem glücklichen Umstand folgend, wird das Kleinkind kurz danach adoptiert. Das Pärchen benennt das kleine Mädchen nach ihrer jüngst verstorbenen Tochter, Kim.

1990 berichtet die Berliner Lokalpresse von einem kurzlebigen Phänomen. Schwarze Visitenkarten mit einem weißen Achteck in der Mitte („keinerlei weitere Zeichen") überfluten Bars, Kneipen, Geschäfte etc. in Berlin. Anfang 1991 endet das Phänomen schlagartig. Zur selben Zeit wird Doktor Hoffman inhaftiert und des Mordes an seiner Frau beschuldigt. Während seiner Aussage gibt er zu Protokoll: „Ihr wisst nicht, was sie hingerafft hat. Ihr könnt es nicht wissen, weil ihr blind seid. Es gibt mehr. Mehr zu entdecken. Mehr zu erforschen. Tod ist eine Chance. Eine Gelegenheit. Meine Gelegenheit." Mangels Beweisen wird Hoffman nach einigen Tagen wieder freigelassen und verlässt Berlin umgehend; Ziel unbekannt.

1994 öffnet das US-Militär die Akten zum Vorfall Project Octagon erneut. Die Ermittlungen führen Spezialagenten in die niederländische Provinz Groningen; Grenze zu Deutschland. In den versiegelten Akten dazu beschreibt der diensthabende Commander und einziger Überlebende des Ermittlungstrupps O2 die dort vorgefundene Situation als „Frankenstein-esk Nightmare" und wird in eine geschlossene Nervenheilanstalt eingeliefert. Im weiteren zusammenhangslosen Bericht wird eine

Organisation „Octagon" und das Projekt R („they called it ‚das Reaper-Projekt'") erwähnt.

Der Verbleib von Peter Hoffman bleibt ungeklärt.

Reapers will return

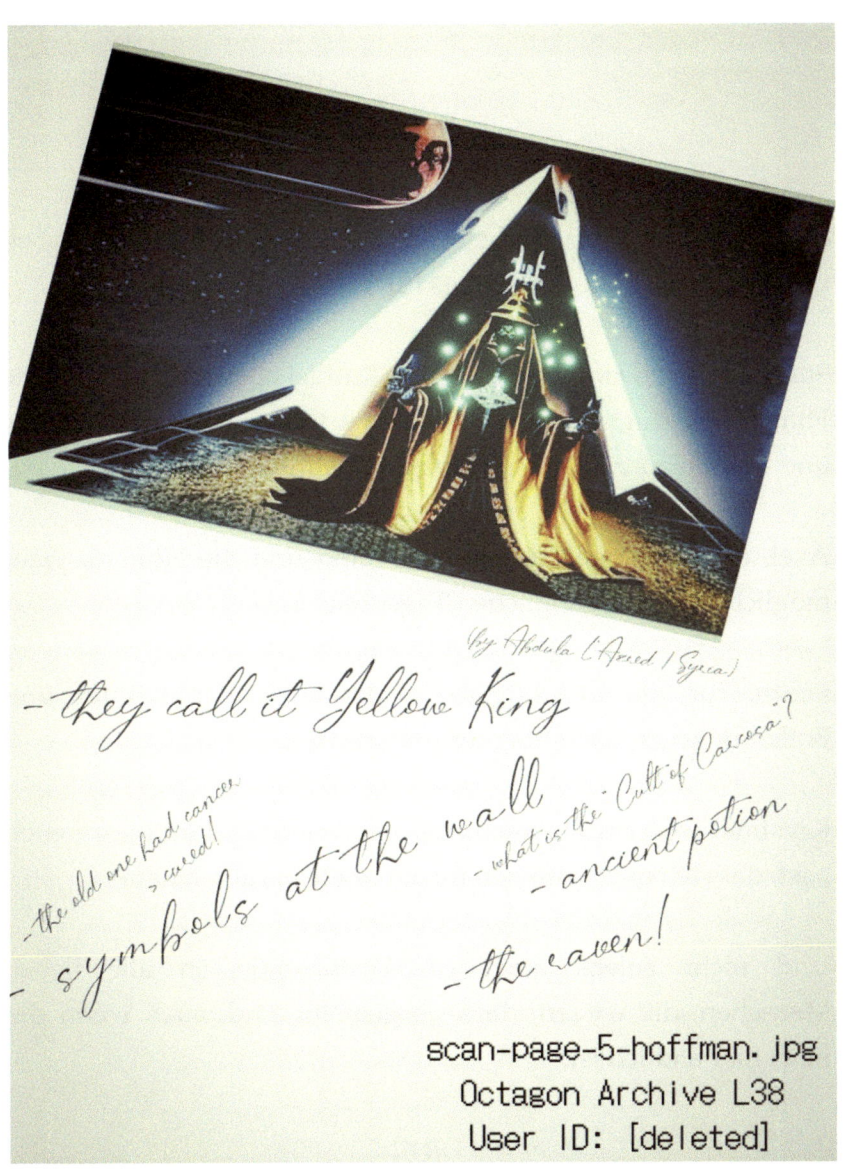

(by Abdula [Azad / Syria])

- they call it Yellow King

- the old one had cancer.
> cured!

- symbols at the wall

- what is the Cult of Carcosa?

- ancient potion

- the raven!

Danke

Gero, für „Feed The Reapers", Dein Vertrauen in meine Arbeit und das völlige Unverständnis für Tages- und Nachtzeiten.

Susen, Anni, Daniel, Fredderik, Kathleen, Matthias und die Filmcrew, dafür, dass ihr Kim, Nancy, Denny, Hoffman, Natalie und dem Reaper Leben eingehaucht habt.

Axel, für den ungebrochenen Beistand und die Hilfe zu jeder möglichen und unmöglichen Tageszeit.

Laura, für die unzähligen Runden als Testpublikum und Bollwerk gegen den alltäglichen Wahnsinn.

Krystina, weil Du nie auch nur eine Sekunde daran gezweifelt hast, dass ich mit Schreiben meine Miete bezahlen kann.

Und nicht zuletzt auch ein Dankeschön an alle lieben Menschen, die wissen, dass sie gemeint sind, auch wenn der Platz hier endlich ist.

RG